Inhalt

„Wikingerwelten Band I" ist eine Sammlung von historischen Begebenheiten und bedeutenden Ereignissen der nordischen Welt, die durch die Phantasie des Autors noch einmal zum Leben erweckt werden. Er erzählt die Geschichte wie aus dem Norweger Rollo, der Begründer der Normandie wurde oder die eines bekehrungswütigen Priesters, der auf Island sein Unwesen trieb. Von dem jungen Grönländer Leif Eriksson, der einer Erzählung folgend, fünfhundert Jahre vor Columbus das Land entdeckte, das man heute Amerika nennt. Und er erzählt die Lebensgeschichte des heidnischen Wikingerkönigs Olaf, der zum überzeugten Christen wurde und versuchte sein Land unter dem neuen Glauben zu vereinen.

RAINER W. GRIMM wurde 1964 in Gelsenkirchen / Nordrhein -Westfalen, als zweiter Sohn, in eine Bergmannsfamilie geboren und lebt auch heute noch mit seiner Familie und seinen beiden Katzen im längst wieder ergrünten Ruhrgebiet. Mit fünfunddreißig Jahren entdeckte der gelernte Handwerker seine Liebe zur Schriftstellerei.
Als unabhängiger Autor veröffentlicht er seitdem seine historischen Geschichten und Romane, die meist von den Wikingern erzählen.

Rainer W. Grimm

*

WIKINGERWELTEN
BAND 1

Historische Begebenheiten und bedeutende
Ereignisse aus der Welt der Wikinger

Bibliografische Information Der Deutschen Bibliothek:
*Die Deutsche Bibliothek verzeichnet diese Publikation in der
Deutschen Nationalbibliografie; detaillierte bibliografische Daten
sind im Internet über http://dnb.ddb.de abrufbar.*

www.rwgrimm.boddautor.de
Verlag: BoD · Books on Demand GmbH,
Überseering 33, 22297 Hamburg, bod@bod.de
Druck: Libri Plureos GmbH, Friedensallee 273,
22763 Hamburg
Titelgestaltung, Layout: RWG&DG

ISBN: 978-3-8391-1877-1

MIX
Papier aus verantwortungsvollen Quellen
Paper from responsible sources
FSC® C105338
FSC
www.fsc.org

Inhaltsverzeichnis

*

1. Der Überfall auf Lindisfarne

Man nennt mich Alkuin, den Priester, und ich war dereinst ein eifriger Missionar! Ja, ich war ein fleißiger Diener des Herrn Jesus Christus und sogar der Berater des Carolus, des großen Königs der Franken.

Nun aber sitze ich hier im Schein einer Kerze, ein Greis von dreiundsiebzig Jahren, der ich geworden bin, und mit zitternder Hand führe ich die Feder, um aufzuschreiben, was vor kaum einem Jahrzehnt geschah.

Ich weiß es! Denn ich musste es miterleben, da das Schicksal mich in meinem hohen Alter aus dem Frankenreich in meine Heimat, nach Northumberland im schönen Britannien geführt hatte. In der reichen Abtei Lindisfarne, auf der gleichnamigen Insel im Nordosten vor der Küste meines Heimatlandes, fand ich Unterschlupf und wurde von dem Abt dieses Mönchsklosters sehr freundlich empfangen. Hier in diesem von Gott geliebten Hause, hier, wo unsere Heiligen St. Cuthbert und St. Aidan gelebt hatten, wollte ich die Ruhe finden, um mich auf meine Reise in das Himmelreich des Allmächtigen Gottes vorzubereiten. Dem Herrn jedoch hat es wohl gefallen, mir noch einmal vor Augen zu führen, wie grausam und verabscheuungswürdig die Menschen doch zu sein vermögen. Schon im Gefolge Karls des Großen sah ich die vielen Abscheulichkeiten, zu denen die Sieger einer Schlacht fähig sind. Auch Könige und Herrscher wie Carolus Rex, oder wohl gerade diese, neigten dazu, die Besiegten zu versklaven oder gar zu Tausenden in den Tod zu schicken. Es ist nur wenig Liebe, so wie sie unser Herr Jesus Christus predigte, in ihren Taten und nur selten zeigten sie Gnade für die Völker, die sie unterwarfen. Doch noch schlimmer waren jene, die nur aus

Habgier handelten. Die töteten, vergewaltigten und brandschatzten aus der Raubgier heraus. Gottlose Barbaren waren dies!

Schon im Frühjahr zogen heftige Wirbelstürme über das Land von Northumbria. Drachen erschienen am dunklen Himmel und spieen Feuer. All dies waren Vorzeichen dafür, dass etwas Schlimmes bevorstand. Nein, es sollte kein gutes Jahr werden! So geschah es am 8. Juni Anno Domini 793, und nie zuvor hatte sich etwas Schrecklicheres zugetragen. Das Blut der Priester hatte die Wände und den Boden der Kirche von St. Cuthbert befleckt. Ja, dies war der Anfang allen Leides!

Das Kloster lag auf einer Anhöhe mit einem schönen Blick in die Bucht. Fette, grüne Wiesen, auf denen leuchtend bunte Blumen wuchsen und mit nur einigen wenigen alten, knorrigen Bäumen darauf, die bis hinunter an den Strand reichten. Es war zur Zeit des Morgengebetes, als in der Ferne die eckigen Segel zweier Langschiffe auftauchten. Und die Schiffe der gottlosen Wikinger nahmen Kurs auf unsere Bucht. Der junge Ambros, ein Novize, war der Erste, den die Klingen der Nordmänner trafen. Man erzählte, dass jener Ambros an diesem Morgen an den Strand gegangen war, um sich dort mit einem jungen Weib aus einem nahe gelegenen Dorf zu vergnügen. Dies mag wohl auch so gewesen sein, denn man fand später nicht weit des Unglücklichen auch den entseelten Körper eines jungen Weibes.

Die grausamen Nordmänner hatten sich ausgiebig an der Maid vergangen, ehe sie die Glücklose von ihren irdischen Qualen erlösten, und es gab im Kloster Mönche, die dies als eine gerechte Strafe des Herrn ansahen. Ich dagegen trauere um die armen Seelen, denn ich weiß, dass viele Weiber aus den Dörfern der Umgebung gegen etwas Nahrung oder Geld für die Klosterbrüder die Beine spreizten. Wer also ohne Schuld ist, der werfe den ersten Stein!

Dann stürmten die Ungläubigen die Wiese hinauf auf das Kloster zu, das, nur von einer flachen Mauer umgeben, wenig Schutz bot. Hell war ihr Haar, das unter den ehernen Helmen der großen Männer hervorquoll, und lang waren ihre Bärte. Mit hocherhobenen Klingen, die Äxte über dem Kopf schwingend, rannten die Heiden gegen die Kirchentüre an. Nun erst läutete die Glocke, um die Klosterbrüder zu warnen. Doch dazu war es längst zu spät!

Das Schloss der großen, hölzernen Pforte zerbarst, und ihre Flügel schlugen krachend gegen die Wände, sodass die heidnischen Barbaren in das Gotteshaus stürmen konnten. Immer wieder erschallte das Wort „Wikinger" aus ihren Kehlen, und wie wilde Tiere fielen die fremden Krieger über die betenden und vor Entsetzen schreienden Mönche her. In panischer Angst liefen die Brüder wirr und weinend durch den Kirchensaal, und so manchen traf die Axt der Höllenbrut. Dem Abt, der den blutrünstigen Wilden mit dem Kreuz in der Hand entgegentrat, fuhr die schwere und scharfe Klinge eines Schwertes in das Haupt und spaltete dieses bis zur Wurzel seiner Nase. Voller Erschütterung und Angst schrien die Mönche auf, versuchten zu fliehen, doch nur wenigen gelang es, aus der Kirche zu entkommen. Die meisten von ihnen aber teilten das Schicksal des Abtes und traten an diesem unseligen Tage vor das Angesicht unseres Schöpfers. Nun begannen die Mörder zusammenzuraffen, was von Wert war. Die goldenen Gefäße für das heilige Abendmahl nahmen sie und Kreuze, die aus Silber gegossen waren. Ringe und Ketten der erschlagenen Mönche rissen sie von den leblosen Leibern.

Ich selbst lag zu dieser Zeit in einer Kammer des großen Klostergebäudes auf meinem Schlaflager darnieder. Schließlich zählte ich damals schon dreiundsechzig Jahre und war nicht mehr bei bester Gesundheit. Gott allein weiß, warum er mir altem Mönch damals mein Leben ließ.

Einer der Novizen war es, der in meine Kammer gestürmt kam, die sich unter dem Dach befand, und der immer wieder in höchster Not „die Wikinger kommen, die Wikinger kommen" ausrief.

Doch was konnte ich alter Mann schon tun? Ich blieb auf meiner mit Stroh gefüllten Matratze liegen, faltete die Hände und betete zu meinem Gott, auf dass dieser mir im Tode gnädig sei. Da wurde die Tür meiner Kammer aufgerissen. Die Wikinger hatten nun also auch das Klostergebäude gestürmt, durchsuchten alle Winkel des Hauses nach Wertvollem, und sie töteten auch hier jeden, der sich ihnen in den Weg stellte.

Stocksteif vor Angst, wie ich zu meiner Schande gestehen muss, lag ich da, als die Tür meiner Kammer aus den Angeln gerissen wurde und ein großer, kräftiger Kerl in den kleinen, kaum beleuchteten Raum eindrang. Er sah sich kurz um und trat dann, mit dem Schwert in der Hand, an mein Bett. Nun ist also der Moment gekommen, an dem ich vor meinen Schöpfer treten werde, so dachte ich. Doch zu meiner Verwunderung drang die Klinge des Wikingers nicht in meinen Körper ein. Nun wagte ich es, zaghaft die Augen zu öffnen, die ich fest geschlossen gehalten hatte. Der Mann stand für einen Augenblick da und sah auf mich alten Kerl herab. Strahlend, ja leuchtend blaue Augen starrten mich an, und ich sah in ein fast noch kindliches Gesicht, das von einem kurz geschorenen blonden Bart eingerahmt war. Dieser Mann hatte sicher noch nicht mehr als zwanzig Sommer erlebt, und doch, nur der Himmel wusste, wie vielen Menschen er schon den Tod gebracht hatte. Er sollte es also sein, der meinem langen Leben ein Ende setzte?

So lag ich nun da, sah diesem Jüngling in seine blauen Augen und wartete darauf, dass mich seine Klinge traf. Da sprach der Wikinger plötzlich zu mir. Ich verstand natürlich seine Worte nicht, aber seine Stimme war ruhig und fast sanft. Dann lächelte er und verließ meine Kammer.

Oh Herr, was war dies für eine Begegnung? Während meine Mitbrüder um ihr Leben flehten und dahingemetzelt wurden, widerfuhr mir dieses Wunder der Barmherzigkeit. Mir, einem alten Mann, der sein Leben längst gelebt hatte.

Nun erhob ich mich langsam, denn in diesem Moment verspürte ich die Schmerzen meiner Krankheit nicht mehr. Ich trat zögernd an das kleine Fenster meiner Kammer und sah die Nordmänner, wie sie bepackt mit den Schätzen des Klosters, mit Nahrung und unserem Vieh, die Wiese hinunter an den Strand gingen. Und es war wohl die größte Schmach, dass sie dabei fröhlich sangen.

So schnell, wie sie gekommen waren, verschwanden sie nun auch wieder. Doch der Name, den sie riefen, hallte noch lange in den Köpfen der Überlebenden wider. Ungestraft und ohne auch nur einen Mann verloren zu haben, zogen die Räuber ihres Weges. So viele lange Jahre hatte ich an der Seite Karls des Großen gestanden, hatte Kriege miterlebt und Menschen für ihren Glauben sterben sehen. Doch ein solcher Streich, schnell und ohne Gnade geführt, kam mir in meinem Leben noch nicht unter. Langsam trat ich nun die Stiege hinab und sah das Unheil, das diese blutrünstigen Wilden angerichtet hatten. Viele der Klosterbrüder lagen in ihrem Blut, und die Kirche von St. Cuthbert stand in hellen Flammen.

Mönche und Novizen, die sich aus ihren Verstecken zurück gewagt hatten, eilten nun umher und versorgten die verwundeten Brüder. Andere liefen, kopflosen Hühnern gleich, mit Wasserkübeln über den Kirchplatz. Doch erst als die Menschen aus dem nahen Dorf kamen, gelang es mit deren Hilfe, die alte Kirche vor den Flammen zu retten.

Was für eine Freveltat! Welch eine Schande dies war für die christliche Welt!

Niemals in der langen Zeit, in der wir und unsere Vorfahren dieses schöne Land schon besiedelten, hatte es einen solchen Überfall, wie wir ihn nun von diesen barbarischen Heiden erdulden mussten, auf Britannien gegeben. Kaum einer hätte gedacht, dass ein solcher Angriff von See aus möglich sei.

Dies jedoch war erst der Anfang der Leidenszeit! Denn schon ein Jahr darauf kehrten die Nordmänner zurück, um sich an unserer schönen Heimat gütlich zu tun.

Die Klöster von Monkwearmouth und Jarrow waren ihr Ziel, und sie erlitten nicht weniger Grausamkeiten als ein Jahr zuvor das Kloster von Lindisfarne.

Im Jahre 795 verbreitete sich im gesamten britannischen Reich die Nachricht, dass die Wikinger auf der Insel Iona in Schottland eingefallen waren, und es ist noch nicht lange her, da ereilte die Isle of Man das gleiche Schicksal.

Ich, Alkuin, den man den Franken nennt, alt und vom Tode gezeichnet, ich bitte dich, oh Herr Jesus Christus, sei deinen Kindern gnädig bei dem Unheil, das diese, den Satan Odin anbetenden Wikinger noch über uns bringen mögen!

*

2. ROLLO UND DER GESTÜRZTE KÖNIG

Ich erzähle euch die Saga von Göngu Hrolfr. Von Rolf, dem Vagabunden!

Es war zu der Zeit, als König Harald Harfagr, den sie alle Schönhaar nannten, über das Land am Nordweg regierte. Da lebte in einem Fjord, weit im Norden des Landes, ein junger Bauer mit dem Namen Rolf. Doch nannten ihn alle nur Rollo. Dieser Mann war bei seinen Nachbarn wenig beliebt, denn er galt als unfreundlich und äußerst gewalttätig. Nur allzu oft hatte Rollo schon mit den anderen Bauern im Streit gelegen, und der Herrscher des Gaus musste auf dem Thing[1] immer wieder durch seinen Rechtsspruch für Ordnung sorgen. Und so kam es, dass der streitbare Bauer wieder einmal vor dem Fürsten des Helgelandes stand. Doch diesmal stand es nicht gut für ihn.

Die Schafe eines Nachbarn hatten die Wiesen des Bauern Rollo abgegrast. Darüber war der aufbrausende Mann so in Wut geraten, dass er seinen Nachbarn kurzerhand im Zorn erschlug. Nun des Totschlags angeklagt, führte man Rolf erneut vor den Herrscher des Helgelandes. Doch eigenwillig und trotzig, wie der junge Bauer nun mal war, lehnte er die Zahlung einer Mannesbuße[2] ab. Schließlich war der Nachbar seiner Meinung nach selbst schuld an dem Unglück. Da war es dem Jarl[3] und dem Altenrat zuviel der Frechheit. Kurzerhand verbannten sie Rollo, den jähzornigen Bauern, für vier Jahre auf die Orkney-Inseln,

---

[1] Thing – Ratsversammlung der nordischen Völker
[2] Mannesbuße – Strafzahlung an die Hinterbliebenen eines Opfers
[3] Jarl – Graf, Fürst, herrschten oft als Kleinkönige über einen Gau, engl. Earl

und unter Todesdrohungen verboten sie ihm die Rückkehr in seine Heimat.

Doch nur zwei Jahre hielt es den verbannten Mann auf den Orkneys. Dann belud er sein Schiff, um auf das Nordmeer hinaus zu fahren.

Nach und nach wuchs auch die Zahl der Seekrieger, die sich dem Rollo anschlossen, und bald befehligte er eine voll bemannte Schnigge[4], mit der er als Seeräuber und Wikinger an den Küsten von Norwegen sein Unwesen trieb. So machte sich der Bauer, der auf die Orkney-Inseln verbannt worden war, in den nordischen Königreichen einen üblen Namen. Viele Seekönige buhlten plötzlich um die Gefolgschaft des Rolf, und so kam es, dass sich der Vagabund, wie ihn die Menschen im Norden nun nannten, einem dänischen Wikingerführer anschloss.

Keine Küste war sicher vor der Wikingerflotte dieses dänischen Seekönigs, und kein Heer vermochte es, die Angriffe zu unterbinden. Das Sachsenland, die großen Handelsplätze der Friesen, die Städte an den Flüssen im Polenreich und auch die Insel der Angelsachsen wurden von ihnen verheert und gebrandschatzt. Die Küsten der Nordländer jedoch verschonte der Däne, und dies ärgerte Rollo sehr, denn ihn drängte es in das Helgeland zurück. Der Rache wegen!

Er musste sich aber dem Befehl seines Anführers beugen, hatte er doch einen Eid geleistet, und diesen zu brechen, hätte ihm sicher kein Glück gebracht. Doch es kam, dass nach jedem Überfall, den sie begingen, der Unmut der Wikinger über die ungerechte Verteilung der Beute wuchs. Der Seekönig bezahlte sein Gefolge schlecht und behielt den größten Teil der Schätze für sich. So war es Rollo, der seine

---

[4] Schnigge – schlanker Schnellsegler der Wikinger, mit bis zu dreißig Riemen

Stimme erhob und der den Aufstand und die Meuterei gegen den dänischen Anführer anzettelte.

Als er genügend Krieger auf seiner Seite wusste, trat er vor den Wikingerfürsten und sprach zu ihm mit drohenden Worten. „Lange genug hast du uns um unseren Anteil betrogen, Däne! Es ist an der Zeit, dass ein ehrlicherer Mann an deine Stelle tritt!"

„Und dieser Mann willst du sein, Rollo?" zischte der Seekönig leise und lachte dann bitter.

„Ich weiß nicht, ob ich der Mann sein werde, der an deine Stelle tritt! Aber ich weiß, dass ich derjenige bin, der dir sein Eisen in den Leib sticht!"

Ein Großteil der Gefolgschaft begann zu jubeln, doch es gab auch Männer, die weit weniger begeistert waren oder sogar noch ganz hinter dem Anführer standen. So zog Rollo sein Schwert, und der Däne tat es ihm gleich. „Nun wirst du für deine Frechheit bezahlen, Rollo", rief der Anführer der Wikinger. Doch zur Antwort hieb der Norweger mit dem Schwert nach dem Seekönig. Laut klirrend schlugen die Klingen gegeneinander und die Männer bejubelten jeden Schlag des einen oder anderen Kämpfers. Rollo war der jüngere der Kontrahenten, er zählte nun etwa siebenundzwanzig Sommer und Winter. Wogegen sein dänischer Gegner schon über vierzig Mal das Mittsommerfest gefeiert hatte. Der Anführer der Wikinger war aber ein erfahrener und geschickter Krieger und machte es dem Rollo auch recht schwer. Doch je länger der Kampf andauerte, umso mehr wuchs der Siegeswille des Norwegers, und der Schwertarm des Dänen begann langsam schwerer zu werden. Jeder Hieb und jeder Stich mit der ehernen Waffe kosteten die Kämpfer viel Kraft, und so war der Jüngere der beiden bald im Vorteil. Doch es war Rollo, der die erste Wunde davontrug, denn ein schneller Schwerthieb hatte ihn im Gesicht getroffen und seine

Wange aufgeschlitzt. Kein tiefer Schnitt, aber schmerzhaft. Und nun trat der Jähzorn des Kriegers hervor, den man aus dem Helgeland wegen genau dieser schlechten Eigenschaft verbannt hatte. Jetzt schlug er ohne Rücksicht auf sein eigenes Leben auf den dänischen Seekönig ein. Schlag um Schlag sauste das Schwert auf den Gegner nieder, und es dauerte nicht lang, da fand das Eisen des Rolf auch sein Ziel. Ein Hieb traf den Anführer in die Schulter, zerschlug sein ledernes Wams, und das Blut aus der tiefen Wunde tränkte schnell das wollene Hemd des Dänen. Doch der Mann gab nicht auf.

Mit dem Mute der Verzweiflung stürmte er gegen den Gegner an, aber die Kraft hatte ihn verlassen, und nun war es für Rolf, den Vagabunden ein Leichtes. Er trieb ihm seine Klinge direkt in die Brust, und es knackte laut, als der Stahl das Brustbein des Mannes durchbohrte. Der Däne starb wenig später an seinen schweren Verwundungen, und Rollo wählten die Männer bald darauf zu seinem Nachfolger.

So wurde aus einem verbannten norwegischen Bauern ein Seekönig mit einer Flotte von fünf Schiffen, und einem Heer, das zum größten Teil aus dänischen Kriegern bestand. Nun machte sich der Wikinger Rollo, so, wie er es gewohnt war, und um seinen Rachedurst für die Schmach der Verbannung zu stillen, über die Küsten von Norwegen, Schweden und Dänemark her. Der Seekönig überfiel so manche Siedlung, und nun, da er eine Flotte befehligte, waren auch die größeren Städte nicht mehr vor ihm sicher. Bald gab es keinen König mehr in ganz Thule[5], der nicht versuchte, diese Plage loszuwerden.

Es war bereits Herbst, und schwere Stürme tobten über das Nordmeer. Kaum ein Kaufmann oder Eroberer wagte sich noch mit seinem Schiff auf die wütende See hinaus.

---

[5] Thule – alte Bezeichnung für die skandinavischen Königreiche

„Ja! Jetzt ist der richtige Zeitpunkt, um eine große Stadt zu überfallen", dachte Rollo. Im Herbst und im nahenden Winter fühlten sich die Menschen des Nordens sicher, und ihre Wachsamkeit ließ nach. Es würde große Beute auf sie warten, denn die Stadtkassen der Hersen und auch die Geldschatullen der reichen Kaufleute waren nach dem Sommer meist gut gefüllt. Außerdem war die Zeit gekommen, in der die Steuereintreiber der Könige durch das Land zogen, um den Zehnten einzufordern. Die Bedenken einiger seiner erfahrenen Krieger beachtete der Wikingerkönig nicht, und so ließ er seine Schiffe seeklar machen.

Grau war der Himmel, und heftiger Regen fiel auf die Männer herab, als sie rudernd ihr Versteck auf einer kleinen Insel in einem Fjord nicht weit der Shetlands verließen. Ein kräftiger Wind blies aus Norden, und das Segeltuch spannte sich fast bis zum Zerreißen. Die Südküste Norwegens sollte ihr Ziel sein, denn hier gab es reiche Städte, die vom Handel mit den Kaufleuten aus dem Reich der Deutschen, dem der Franken und Polen profitierten. Die Jarle und auch die Stadthersen[6] der südlichen Gaue erlaubten sogar den christlichen Priestern, ihren Glauben zu verkünden, und in mancher Stadt gab es bereits eine Kirche. Dies wiederum hatte die reichen Kaufleute des Südens an die Handelsplätze des Nordens gezogen. Doch als der Seekönig Rollo die Südküste erreichte und in dem Gau Hardanger die Stadt Kap Lindesnäs überfallen wollte, gab es für ihn eine böse Überraschung. Die Ankunft eines nahenden Wikingerheeres hatte sich schnell herumgesprochen, und so kam es, dass Rollo in Hardanger bereits erwartet wurde. Die Macht des hier herrschenden Jarls Namens Erik war groß, denn er war der älteste Sohn des norwegischen Königs Harald

---

[6] Stadtherse – Stadthalter, Bürgermeister

Schönhaar und sollte später den Beinamen „Blutaxt" erhalten für all die Morde, die er im Kampf um die Macht an seinen Brüdern begehen würde.

Der Moment der Überraschung blieb den Seeräubern versagt, und so hatte der Jarl von Hardanger ein Heer nach Kap Lindesnäs geschickt, um die Wikinger in die stürmische See zurück zu jagen.

Als Rollo das große Aufgebot an Schiffen sah, das sich ihm an den Gestaden der großen Handelsstadt entgegenstellte, gab er den Befehl, die Schniggen zu wenden, und segelte hinaus auf das Meer. Nun aber geriet die Wikingerflotte Rollos in einen heftigen Herbststurm und wurde nach Süden getrieben. Einige der Männer glaubten bereits, der Seekönig hätte sein Heil verloren und die Götter würden ihm zürnen, da er sich aus Rache an seinem eigenen Volk vergriff. Doch noch folgten sie ihm!

Längst hatten die Wikinger den Sturm hinter sich gelassen und zu ihrem Glück hatten die Schiffe kaum Schaden genommen, da ließ Rollo, zur Verwunderung seiner Männer, weiter nach Süden segeln. Und so erreichten die fünf nordischen Großsegler bald die Westküste des Frankenreiches. Über einen Fluss ruderten sie ein Stück weit in das Landesinnere, bis sie eine Stelle erreichten, die in den Augen des Anführers Gefallen fand. Hier gingen die Männer an Land, zogen ihre Schiffe auf den Strand und errichteten ein großes Wik. Und sofort begannen sie damit, die Dörfer und Siedlungen der Umgebung zu überfallen und auszuplündern. Sie stahlen das Vieh, schändeten die Weiber und töteten die Männer.

Als der Winter einbrach, waren alle Siedlungen und Höfe in der Nähe des Wikingerlagers verlassen und die Menschen geflohen. Doch zur Verwunderung des Seekönigs Rollo blieben die Eindringlinge größtenteils unbehelligt. Kein Heer kam, das sich ihnen zum Kampf entgegenstellte und dass die Wikinger für ihre Taten bestrafte. Was musste der Herrscher dieses Landes doch für ein Feigling sein!

Für Rollo schien es, als ließe sich hier der Winter gut verbringen. Sie hatten Nahrung und Wasser, ein wärmendes Feuer und Sklavinnen. Außerdem gab es Holz im Überfluss, und so wurden aus den Zelten mit der Zeit feste Hütten. Bald schon bauten sie sogar große Langhäuser, und Rollo, als ihr Anführer und Seekönig, besaß das schönste. Sogar eine große Methalle hatten sie erbaut, in der die Wikinger ihre Feste feierten. Einige fränkische Weiber, die sie gefangen hatten, waren ihre Bräute geworden, und es schien fast, als wäre aus dem Haufen wilder Wikinger nun eine Schar von einfachen Siedlern geworden.

Als aber der Frühling kam, war es dann mit der Ruhe vorbei, denn aus Rollo war keineswegs wieder ein einfacher Bauer geworden. Er war immer noch der raue Wikinger, der vor einigen Wintern von den Orkneys geflohen war, und jetzt, da der Schnee schmolz, wollte er sehen, was dieses Frankenreich einem wilden Nordmann noch zu bieten hatte. Von den reichen Städten entlang des Flusses, den die Franken Seine nannten, hatte Rollo schon oft gehört, und nun wollte er sich vergewissern, ob dies auch der Wahrheit entsprach. Schließlich wäre er nicht der erste Wikinger gewesen, der bis vor die Tore von Paris segelte. Den Winter über hatten sie ihre Schiffe ausgebessert, nun lagen die fünf Schniggen zu einer Hälfte im Wasser und zur anderen auf dem Strand. Und als diese mit Proviant und ihren Habseligkeiten beladen waren, stachen sie in See, um auf Raubfahrt zu gehen. Nur wenige Männer ließ Rollo als Wachen im Wik zurück.

Die Drachenschiffe segelten entlang des großen Flusses und folgten dem Strom nach Süden. Und bald schon erblickten sie die Dächer einer kleinen Stadt, die den Kampfeseifer der Nordmänner zu spüren bekommen sollte.

Im Morgengrauen, als die Stadt noch halb im Schlaf lag, rutschten die Kiele der Schniggen in den Sand des Flussufers, und der Angriff begann. Die überrumpelten Stadtwachen hatten den Angreifern wenig entgegen zu setzen und waren schon nach einem kurzen Kampf niedergehauen. Doch viele Männer in der Stadt waren sehr wehrhaft und stellten sich den Wikingern zur Schlacht. So beschränkte sich der Überfall auf das Viertel, das dem Fluss am nächsten lag. Bald schon war der Spuk beendet, denn so schnell und überraschend sie gekommen waren, so schnell verschwanden sie auch wieder.

An einem geeigneten Ort, etwas weiter flussabwärts, schlugen sie ihr Lager auf, um zu sehen wie groß ihre Beute war. Doch sie war weit weniger wertvoll ausgefallen, als die Männer gehofft hatten. Da es Rollo mit seinen Kriegern nicht geschafft hatte, in den Stadtkern vorzudringen, entgingen ihm die ersehnten Schätze im Haus des reichen Hersen und somit auch die sicher gut gefüllte Stadtkasse. Verärgert musste er sich eingestehen, dass sein Heer für einen Raubzug auf eine Stadt zu klein war. Also zogen sie durch das Land und überfielen Gehöfte und Dörfer oder auch einmal den Sitz eines Grafen. Und je länger der Raubzug Rollos und seiner Wikinger durch das nördliche Frankenland andauerte, umso lauter wurde der Ruf des Volkes nach Vergeltung.

Doch wenn der Frankenkönig ein Heer aussandte, um die Nordmänner zum Kampf zu stellen, waren diese schon längst wieder verschwunden. Dieses Katz- und Mausspiel trieben die Wikinger den ganzen Sommer über, bis sie sich im Herbst, als die ersten bunt gefärbten Blätter fielen, auf den Weg in ihr Lager im Norden des Landes machten.

Die Schiffe waren voll beladen mit dem Raubgut des letzten Sommers, als ihre Kiele den Strand vor ihrem Wik an der Seine erreichten. Freudig wurden sie von den Menschen im Lager begrüßt, die schon lange auf die Rückkehr ihrer Gefährten gewartet hatten.

So mancher Wikinger war im letzten Sommer Vater geworden und staunte nun nach der Ankunft nicht schlecht, als ihm das Frankenweib, das er vor vielen Monden verlassen hatte, ein Kind in die Arme legte. Der Herbst hielt schnell Einzug, und die Blätter fielen zuhauf von den Bäumen. Es wurde spürbar kälter, doch nicht annähernd so kalt wie in ihrer Heimat, und so fühlten sich die Nordmänner ganz wohl in dem Wik. Einige von ihnen hatten sogar mit ihren Weibern die verlassenen Höfe in der Umgebung bezogen und fingen an, ein normales Bauernleben zu führen. Und es kamen sogar noch Männer in das Wik, um sich dem Wikingerkönig Rollo anzuschließen. Von Dänemark waren sie in das Frankenland gesegelt, als sie von der Landnahme des Wikingers Rolf und der Schönheit dieses Landes hörten.

Doch das Blatt sollte sich wenden! Es war der Winter des Jahres 911 n. Chr., und der erste Schnee war gefallen, da näherte sich ein großes, fränkisches Heer dem Gebiet, das Rollo in Besitz genommen hatte. Sofort sammelte auch der Wikingerkönig seine Krieger und marschierte den Franken entgegen. Als nun die beiden Heere aufeinandertrafen, entbrannte sofort eine große Schlacht, und der König der Franken, Karl der III., bezwang das Heer der unerwünschten Eindringlinge.

Der von dem Wikingerkönig sooft als feige verspottete Herrscher hatte die Armee des Norwegers Rolf in den Staub gezwungen. So mussten sich die stolzen nordischen Krieger um ihren Seekönig Rollo geschlagen geben. Doch bevor sich der Wikingerkönig aus Gram in sein Schwert stürzen konnte, ließ Karl den Mann vor seinen Thron führen.

„Du hast meinem Land mit deinen Nordmannen großen Schaden bereitet", sprach der König der Franken streng. „Doch du sollst die Möglichkeit erhalten, für deine Taten Wiedergutmachung zu leisten!"

Der Wikinger sah König Karl erstaunt an, hatte er doch geglaubt, nun seinen Kopf zu verlieren. Da erhob sich der Frankenkönig und sprach: „Jedes Jahr fallen mordende und plündernde Wikingerhorden, so wie ihr es seid, in das Land ein und peinigen mein Volk! Dies kostet mich Jahr um Jahr viele Krieger!" Der Blick des Herrschers war streng, doch er sprach die Worte nicht im Zorn. „Du, Rollo, wirst es sein, der deinesgleichen Einhalt gebieten wird!"

Erstaunt und verwundert sah der Wikinger den König an, denn er verstand noch nicht.

„Du wirst mir mit deinem Nordmännerheer dieses Räuberpack vom Halse halten! Dafür sollt ihr unbehelligt auf dem Land leben, das ihr euch bereits genommen habt!" Rollo traute seinen Ohren nicht. Anstatt ihm sein Todesurteil zu verkünden, buhlte dieser König um seine Gefolgschaft. „Was wird sein, wenn ich nicht einwillige?", fragte der Norweger keck. Der König hob die Augenbrauen, verwundert über soviel Dreistigkeit. „Dann wirst du noch heute deinen Kopf verlieren und jeder deiner Männer mit dir! Eure Hütten werden brennen und auch eure Weiber und die Bastarde, die ihr mit ihnen zeugtet, werden sterben! Wenn ich recht unterrichtet bin, so müsst ihr Nordmannen doch mit dem Schwert in der Hand einen ehrenvollen Kriegertod sterben, um vor eure Götter gerufen zu werden! Ist es nicht so?", fragte der Franke listig und wandte sich seinem Bischof zu. „Welch barbarischer Irrglaube", sagte er abfällig, und der Bischof nickte beipflichtend. „Dein Lebensende wird aber wenig ehrenvoll sein, Rollo!", rief

Karl laut, sodass es alle hören konnten. Es wäre wirklich kein ehrenvoller Tod, und die Götter würden ihm und seinem Gefolge die Einkehr in Walhalla sicherlich verweigern, dachte der Wikingerkönig. Doch so schnell wollte sich Rollo nicht mit einem Eid an einen fremden Landesfürsten binden, und er begründete sein Zögern damit, dass er zuerst sein Gefolge befragen müsse. Nun war es der Frankenkönig, der erstaunt dreinsah. „Ich denke, du bist ihr Anführer?", fragte er überrascht.

„Das ist wohl wahr, König Karl. Doch bin ich von den Männern frei gewählt! So, wie sie mir die Führerschaft gaben, können sie sie mir auch wieder nehmen", erklärte Rollo dem Franken.

„Nun gut, so soll es denn sein! Ich will dir Bedenkzeit geben", sprach der König großzügig und ließ Rollo unbehelligt in sein Wik zurückkehren. Die fünf Schiffe der Nordmänner ließ der Franke aber in die Hauptstadt bringen. Diese sollten die Wikinger erst zurückerhalten, wenn sie sich für sein Angebot entschieden hätten. Wenn nicht, bräuchten sie die Schniggen sowieso nicht mehr. Dies waren die Worte zum Abschied, die der König der Franken mit einem süffisanten Lächeln zu dem Wikinger sprach.

Ein volles Jahr hielt der Frankenkönig die Nordmänner in seinem Land fest, und genauso trotzig ließ Rollo den König auf seine Antwort warten. Doch die Männer des Norwegers waren sesshaft geworden. Sie hatten ihre Höfe und ihre Familien, die sie nicht mehr verlieren wollten. Einige hatten sogar bereits heimlich den Christenglauben angenommen. Dann endlich ließ Karl der Dritte den Wikinger Rollo auf seinen Herrschaftssitz rufen und bot ihm einen Vertrag an. Der Norweger und all sein Gefolge sollten die Taufe empfangen und als Lehnsmann des Frankenkönigs würde Rollo die Angriffe feindlicher Wikinger abwehren.

Als Gegenleistung sollte er das Land an der unteren Seine, auf dem er das Wik hatte errichten lassen, zum Lehen erhalten. Auf einem Thing, das die Männer aus dem Norden abhielten, willigten sie in den Vertrag ein.

So rief König Karl den Wikingerführer Rollo an einen Ort namens Saint-Clair-sur-Epte. Dort sollte auf einer Festlichkeit der Vertragsabschluß begangen und natürlich auch ausgiebig gefeiert werden. Der Wikinger Rollo erhielt den Befehl, mit seinen Hauptmännern vor dem Frankenkönig zu erscheinen. Also machte sich der einstige Seekönig mit zwanzig Kriegern als Gefolge auf den Weg, um sich dem Franken endgültig zu unterwerfen.

Auf dieses Fest hatte der König auch den gesamten fränkischen Adel geladen, denn schließlich sollte der ganze Hofstaat sehen, dass er, Karl der Dritte, den wilden Wikinger Rollo bezwungen hatte. Freundlich wurden die Nordmänner empfangen und in prunkvolle Gemächer geführt, in denen sie verharren mussten, bis sie später vor den König treten durften. Der Vertrag zwischen dem Herrscher der Franken und dem Wikingerkönig Rollo wurde an diesem Tag geschlossen. Doch als am Abend das große Fest begann, auf dem König Karl den Vertragsabschluß verkünden wollte, wartete noch eine böse Überraschung auf die Nordmänner.

Der Franke hielt eine glühende Rede, und der Adel hing an seinen Lippen als flösse pures Gold aus ihnen heraus. Hin und wieder wurde der König von brausendem Applaus unterbrochen, bis seine Rede endete. Da starrten plötzlich alle wartend auf den Wikinger Rollo. Es war so still in der großen Halle geworden, dass man eine Nadel hätte fallen hören können. Fragend sahen sich die Nordmänner an, denn sie wussten nicht, was hier vor sich ging. Waren sie doch noch in eine tödliche Falle getappt? Würde man sie nun, zur Belustigung der Anwesenden, dahinschlachten wollen?

Da trat ein Lakai vor den Anführer der Wikinger. „Herr, es ist Brauch in unserem Land, dem Lehnsherrn den Fuß zu küssen", flüsterte er leise.

„Was?", platzte es da laut aus Rollo heraus. Und sofort wollten die anderen Nordmänner wissen, was der Lakai geflüstert hatte. Und als sie die Worte vernahmen, brausten auch sie auf und empörten sich über ein solch ehrloses Ansinnen. „Niemals!", rief der einst von den Franken so gefürchtete Seekönig und sträubte sich vehement gegen diese Pflicht. Er sei schließlich kein Knecht, sondern ein gefürchteter Krieger, polterte er in die Halle, sodass alle ihn hören konnten. Tumult brach aus und die Adligen waren entsetzt und empört über die Weigerung des Nordmannes, vor dem König sein Haupt zu neigen. Einige forderten lautstark, die Wikinger mit Waffengewalt aus dem Land zu jagen. Doch König Karl behielt die Ruhe und hieß den Hofstaat, zu schweigen.

Nun wollte aber auch Rollo Streit vermeiden, denn zu gut gefiel ihm das Angebot des Franken. Also befahl er kurzerhand einem seiner Hauptmänner, an seiner statt dem König den Fuß zu küssen. Die Wahl fiel auf einen Mann Namens Gunnar, der den Beinamen Breitnase trug. Dieser Gunnar Breitnase war ein stattlicher Krieger und seit langem dem Rollo treu ergeben. Er war Norweger, wie sein Anführer selbst, und fuhr seit dem ersten Tage, als sie die Orkney-Inseln verließen, mit dem Rolf auf Wiking aus. Doch diesen Befehl empfand selbst der treue Gunnar als Beleidigung. Rollo redete auf den stolzen Wikinger ein, dass es doch eine Ehre für ihn sei, an seiner statt vor den Frankenkönig treten zu dürfen. Ein wahrer, unumstößlicher Freundschaftsdienst wäre dies, und da willigte Gunnar murrend ein. Etwas zögerlich traten die beiden Männer vor

25

den Frankenkönig, doch Gunnar war keineswegs gewillt, sich vor diesem Herrscher auf den Boden zu werfen. So nahm er kurzerhand den Fuß Karls des Dritten und hob diesen so hoch, dass er ihn, ohne sich tief bücken zu müssen, küssen konnte. Langsam, Stück um Stück, neigte sich der König zurück, um dann letztendlich hintenüber zu fallen. Die fränkischen Damen kreischten vor Entsetzen, als sie nun ihren König dort liegen sahen. Nicht weniger erschüttert waren die Männer des Hofstaates.

Die Abordnung der Wikinger jedoch brach in lautes Gelächter aus, und so mancher der Anwesenden glaubte, dass es nun um die Nordmänner endgültig geschehen sei. Bewaffnete Soldaten mit Helm und buntem Wams stürmten in die Halle und wollten über die Wikinger herfallen. Doch der „gestürzte" König hielt die Krieger zurück.

Karl der Dritte, König des Frankenreiches, schüttelte belustigt den Kopf und begann dann selbst, lauthals zu lachen. Nun brach große Heiterkeit in der Halle aus, und ein ausschweifendes Fest begann. Der Frankenkönig Karl war nicht nur ein humorvoller Mann, sondern er war auch weise und besaß die Gabe der Weitsicht. Wie sich später zeigte, hatte er in dem Nordmann Rollo einen starken und vor allem treuen Gefolgsmann gefunden. Der so, wie es der König gehofft hatte, die einfallenden Wikingerhorden aus seinem Land vertrieb. Dies brachte Rollo den Titel des Grafen von Rouen ein, und das Land, das er beherrschte, nannten die Franken fortan: die Normandie!

*

3. DIE SAGA VON OLAF TRYGGVESSON

Als Harald Harfagr, den man Schönhaar nannte, der erste Alleinherrscher in Norwegen war, und dieser seinen Sohn Erik zu seinem Nachfolger bestimmte, brach zwischen den Söhnen des Harald ein offener Streit aus. Ohne Gnade tötete Erik zwei seiner Brüder mit Namen Rögnvald und Björn.

Und auch die anderen Brüder Namens Sigröd und Olaf wurden von ihrem Bruder in einer großen Schlacht besiegt. Doch deren Söhne und Erben, Godröd und Tryggve genannt, konnten vor ihren mordlüsternen Gesippen fliehen. Nun aber befanden sich die Neffen in höchster Gefahr, da der Onkel ihnen auf das Heftigste nach dem Leben trachtete. Hatten sie doch durch das Geburtsrecht einen Anspruch auf den Königstitel, den Erik aber für sich allein forderte. Hakon der jüngste der Haraldsöhne, der im Land der Angelsachsen aufgewachsen war, vertrieb mit Hilfe des angelsächsischen Königs Äthelstan nun seinen Bruder Erik, der inzwischen den Beinamen „Blutaxt" trug, aus dessen Herrschaft. Und in die Gaue Vingulmark und Ranrike setzte er seinen Neffen Tryggve als Kleinkönig ein. Godröd erhielt den Gau Hardanger als Lehen. Doch die Blutfehde der Nachkommen des großen Königs Harald Schönhaar setzte sich fort. Denn schon bald wurde Hakon der Gute von Harald Eriksson, dem ältesten Sohn des Erik Blutaxt, in einer Schlacht besiegt und getötet. Da Harald aber ein Vasall des Dänenkönigs war und nur mit dessen Hilfe dieser Streich gelang, verweigerte ihm der Gaukönig Tryggve Olafsson den Gefolgschaftseid.

Aber mit Hilfe einer List gelang es König Harald, den äußerst widerspenstigen Lehnsmann Tryggve in eine Falle zu locken und ihn zu töten. Da floh Königin Astrid, die Gemahlin Tryggves, mit ihren beiden Töchtern aus der Königsstadt Sotenäset, hinauf in das Oberland Norwegens, auf den Hof ihrer Eltern. Und während der Flucht gebar sie einen Sohn, dem sie, so wie es Sitte war, den Namen Olaf gab. Thorbart, der treue Begleiter der Astrid, der vor vielen Sommern als Sklave an den Hof des Kleinkönigs Tryggve kam, war von Geburt ein Britannier und glaubte fest an das Heil des Herrn Christus. Er nahm das Kind und benetzte es mit Wasser. „Ich taufe dich auf den Namen Olaf", sprach er und schlug mit der Hand ein Kreuzeszeichen über dem Haupt des Knaben. „Auf dass der Herr Jesus Christus seine Hände schützend über dich halten möge!"

So wurde Olaf Tryggvesson ein erstes Mal getauft, ohne davon je zu erfahren. Auch auf dem Hof ihrer Eltern war die Königin schon bald nicht mehr sicher, denn Harald Eriksson hatte von der Geburt des Erben König Tryggves erfahren und trachtete dem Knaben nun nach dem Leben.

Von Haralds Häschern verfolgt, floh die Königin Astrid mit ihrem Sohn weiter nach Schweden. Ihre Töchter aber ließ sie bei den Eltern zurück, denn ihnen drohte wenig Gefahr, da sie keinen Anspruch auf den Thron besaßen.

Von Schweden aus wollte Astrid nun zu ihrem Bruder Sigurd nach Holmgard[7] reisen. Dieser Sigurd war ein Gefolgsmann des Großfürsten Wladimir von Kiew und ein großer Heerführer. In seiner Nähe wäre sie vor den Nachstellungen König Haralds sicher gewesen. Begleitet von ihrem alten Ziehvater Thorbart und dessen Sohn Thorstein machte sie sich auf den beschwerlichen Weg. Auf der langen Überfahrt durch das Warägische Meer wurde das Schiff jedoch von estländischen Seeräubern überfallen, und

---

[7] Holmgard – nordischer Name von Nowgorod

die einstige Königin Astrid musste bald darauf, zusammen mit ihrem kleinen Sohn, die Sklaverei erdulden. Der treue Thorbart fand den Tod, und sein Sohn, der um sechs Jahre älter war als Olaf, teilte das Schicksal der Entführten. Zu dieser Zeit war Olaf drei Jahre alt.

Sieben Jahre vergingen, die Olaf Tryggvesson und auch Thorstein gemeinsam als Unfreie eines Bauern in Livland verbrachten. Die einstige Königin Astrid war damals auf dem Sklavenmarkt unter heißen Tränen von ihrem Kind getrennt worden, denn man hatte sie an einen anderen Sklavenhalter verkauft. So strich die Zeit vorüber. Thorstein hatte inzwischen eine vertrauensvolle Stellung auf dem Hof inne und durfte, auf Grund seiner Ehrlichkeit und seines guten Verhandlungsgeschickes, die Waren des Bauern auf dem Markt der Handelsstadt Daugmale verkaufen. Der Bauer konnte Thorstein vertrauen, denn er wusste, dass der junge Bursche ohne seinen brüderlichen Freund Olaf niemals eine Flucht wagen würde. Und dem war auch so, denn Thorstein und der Sohn der Astrid waren unzertrennlich. Immer wieder hatte der Sohn des Thorbart dem jungen Olaf von dessen Onkel, dem Jarl namens Sigurd erzählt, und so hegten sie die Hoffnung, doch noch irgendwann der Sklaverei entfliehen zu können.
So geschah es eines Tages, dass der Steuereintreiber des Großfürsten von Kiew nach Daugmale kam und den Markt besuchte. Thorstein vernahm durch Zufall, wie die Krieger ihren Anführer Jarl Sigurd nannten. Dieser Mann war ein Nordmann! Vielleicht sogar ein Norweger von Geburt, dachte Thorstein. Der Bruder der Königin, der nach Holmgard zog, trug den gleichen Namen. Sollte dies vielleicht der Gesippe der Astrid sein?
Unter größter Lebensgefahr warf sich der Sklave Thorstein vor dem Jarl auf die Knie, denn ein Sklave, der es wagte,

einen hohen Herrn anzusprechen, konnte froh sein, wenn ihn nur die Peitsche traf. „Oh Herr", rief er schnell. „Bist du der Schwager König Tryggves?" Da erhob schon einer der Krieger des Jarls sein Schwert, um diesen frechen Sklaven mundtot zu machen. Doch der Jarl hieß ihn, seine Klinge zurück in das Wehrgehäng zu stecken. Erstaunt sah er auf den jungen Burschen mit dem für Sklaven üblichen kurz geschorenen Haaren herab. „Was hast du da gesagt, Sklave?"

Der Schweiß der Angst stand dem jungen Thorstein in dicken Tropfen auf der Stirn, und er wagte kaum zu atmen. „Jarl Sigurd, verzeih mir meine Frechheit und töte mich nicht, weil ich es wage dich anzusprechen", stammelte er. „Doch wenn du der bist, für den ich dich halte, geht es um das Leben eines deiner Gesippen!"

„Was weißt du über meine Sippe?", fragte der Jarl böse.

„Sag mir zuerst, ob du der Bruder der Königin Astrid bist", forderte Thorstein, und obwohl er wusste, dass ihn dies sein Leben kosten konnte, wagte er es, dem hohen Herrn diese Frage zu stellen. Da nickte der Jarl, und Thorstein hätte vor Freude das Herz zerspringen mögen. Er war es wirklich! Nun hatte alles Leid ein Ende! „Ich weiß etwas über einen verschollen geglaubten Gesippen von dir zu berichten, Jarl", sprach Thorstein nun und begann, sich zu beruhigen. Das Zittern seiner Hände verschwand, und auch die große Angst war gewichen.

„Du weißt etwas über meine vermisste Schwester Astrid?", fragte der Jarl nun sichtlich erregt. „Los rede, Bursche!"

Da schüttelte der Sklave seinen Kopf. „Das Schicksal deiner Schwester, der Königin ist mir leider nur bekannt bis zu dem Tage, an dem sie auf dem Sklavenmarkt von ihrem Sohn Olaf getrennt und verkauft wurde. Doch ich weiß, wo sich der Sohn von König Tryggve und Königin Astrid aufhält!"

„Der Sohn meiner Schwester lebt?", fragte der Jarl sichtlich überrascht. „Wo lebt er?"

„Er teilt das gleiche Schicksal wie ich, und lebt als Sklave eines Bauern auf einem Hof nicht weit von Daugmale entfernt", antwortete Thorstein und berichtete nun dem Jarl die ganze Geschichte der Flucht, soweit er sich derer erinnern konnte.

Noch zur selben Stunde ließ sich der Jarl mit seinen Kriegern von Thorstein auf den Hof des Bauern führen, und als er den Knaben sah, wusste er sofort, dass dies der Sohn der Astrid war. „Du bist der Sohn von König Tryggve und meiner Schwester", stellte er fest. „Ja, du bist mein Neffe! Den Göttern sei gedankt!"

„Oh, Sigurd! Oh, mein Onkel", stammelte Olaf unter heißen Tränen, und die Gesippen fielen sich in die Arme. Doch nun begehrte der Bauer auf. Dies war schließlich sein Sklave, und er war nicht bereit, diesen ziehen zu lassen. Erst nach Androhung von Gewalt und einer angemessenen Zahlung willigte der Bauer ein. Und auch der mutige Thorstein wurde in die Freiheit entlassen, denn Olaf lieh sich von seinem Onkel das Geld, um auch den brüderlichen Freund von dem Bauern zu befreien. Auf dem Markt in Daugmale erhielten die beiden von Jarl Sigurd eine Waffenausrüstung mit Schwert und Dolch als Zeichen ihrer Freiheit und wenige Tage später segelten sie mit der Flotte des Sigurd nach Holmgard.

*

Fast schon ein volles Jahr lebten Olaf und auch Thorstein nun im Hausstand des Jarl Sigurd. Dieser bewohnte ein großes, prächtiges Haus in Holmgard und war seit etwas mehr als zwei Jahren mit der Tochter eines reichen warägischen[8] Händlers verheiratet. Olafs Mutterbruder war ein wohlhabender Mann und genoss in der Stadt ein hohes Ansehen.

Eines Tages, es war Winter geworden, da wurde der Jarl in den Palast des Großfürsten gerufen, und während Sigurd sich zu seinem Herrn begab, schlenderten Olaf und Thorstein über den großen Markt von Holmgard. Von allen Seiten priesen die Händler mit lautem Rufen ihre Waren an. So auch die Sklavenfänger.

„Starke, kräftige Kerle! Für jede Arbeit gut", hallte es den Käufern entgegen. „Schöne Weiber, die anpacken können und dazu noch am Abend dein Bett wärmen!"

„Lass uns fort von hier", bat Olaf, denn er konnte den Anblick dieser armen Kreaturen nicht ertragen. Zu sehr erinnerten sie ihn an das eigene Schicksal und an das, das seine Mutter erleiden musste. „Warte noch", hielt Thorstein inne und starrte mit bösem Blick zu dem Sklavenhändler hinauf, der auf einem Podest seine Ware feilbot.

„Nein, komm! Was ist daran so schön?", sprach Olaf vorwurfsvoll.

„Sieh doch, der Kerl da oben." Thorstein war nun sichtlich erregt. „Du warst damals vielleicht noch zu klein und kannst dich nicht erinnern, doch dieser Hundsfott da oben ist der Sklavenfänger, der uns in die Unfreiheit schickte."

Ungläubig sah der junge Olaf seinen Freund an. „Bist du sicher? Es ist doch schon so lange her."

„Diese Stimme werde ich mein Lebtag nicht vergessen, denn dieser Mann tötete meinen Vater", empörte sich Thorstein. „Und niemals vergesse ich sein hässliches Gesicht!"

„Wenn dies der Mann ist, der deinen Vater tötete, so schickte er auch meine Mutter in die Sklaverei. Dafür soll er

---

[8] Waräger – slawische Bezeichnung der Wikinger

durch mein Schwert sterben", sagte Olaf voller Stolz und mit fester Stimme.

„Das kannst du nicht tun, Olaf! Ihn schützt das Gesetz des Handelsfriedens", warnte Thorstein seinen brüderlichen Freund, denn er hatte keinen Zweifel daran, dass der Knabe diesen Streich wagen würde.

Noch am selben Tage geschah es, als Thorstein einmal nicht auf den Olaf achtete: Mit dem Dolch in der Hand war der Knabe vor den Sklavenhändler getreten, sodass kurz darauf ein Todesschrei über den Marktplatz hallte und ein junger Bursche vor den aufgebrachten Händlern durch die Gassen von Holmgard zum Haus des Jarl Sigurd floh.

„Gib den Mörder heraus, Jarl!" riefen sie drohend. „Er hat den Handelsfrieden gebrochen! Das bedeutet die Todesstrafe! Er hat sein Leben verwirkt", forderten die Verfolger erbost. Da trat der Jarl mit dem Schwert in der Hand vor die Pforte seines Hauses. „Wer es wagt, meinem Schwestersohn auch nur ein Haar zu krümmen, den schlage ich in kleine Stücke! Das schwöre ich bei Odin!" Doch der Pöbel ließ sich nicht von seinem Ansinnen abbringen und verlangte Olafs Kopf. Da rief der Jarl seine Krieger zusammen, denn er wusste, dass sie sich in einer gefährlichen Lage befanden. „Der Fürst wird das Urteil fällen. Und nur diesem werde ich mich beugen!"

Doch erst, als Hilfe aus der Fürstenburg nahte, denn ein Hauptmann hatte den Aufruhr bemerkt und seine Krieger der Stadtwache zum Haus des Sigurd geschickt, gelangten sie unbehelligt zum Palast des Herrschers.

Der Zorn des Fürsten von Holmgard war groß, und er war wirklich gewillt den jungen Olaf, für den Totschlag an dem Händler hinrichten zu lassen. Nur durch die Gutmütigkeit der Großfürstin Rogeneta, der Gemahlin Wladimirs von Kiew, entging der junge Olaf dem Galgen.

„Du kannst doch nicht ein Kind zum Henker schicken, das seine Mutter gerächt hat, mein Gemahl", sprach sie mit milder Stimme und voller Rührung, nachdem sie die Geschichte des Olaf Tryggvesson vernommen hatte. „Außerdem ist er der Sohn eines Königs!"
Einen Moment lang grübelte der Fürst kopfschüttelnd über die ärgerliche Situation nach. Dann erhellte sich seine Miene und er grinste verschlagen. „Du hast recht, mein liebes Weib", sprach er. „Das Gesetz des Handelsfriedens spricht schließlich von Erwachsenen, nicht von Kindern! Dieser Knabe hier ist aber höchstens zehn Sommer alt. So kann niemand von mir verlangen, dass ich ein Kind zum Henker schicke!"
„Jarl Sigurd, du wirst eine angemessene Mannesbuße für den Erschlagenen zahlen, dann soll der Knabe frei sein!"
Da dankte der Jarl dem Fürsten und den Göttern von Walhalla und unterwarf sich dem Spruch seines Lehnsherrn. Die Fürstin aber war von der Geschichte des Knaben so voll des Mitleids, dass sie Olaf über den blonden Schopf streichelte und ihn liebevoll küsste. Bald darauf nahm die Großfürstin Rogeneta den jungen Olaf wegen seiner königlichen Herkunft in ihr Gefolge auf, und er diente der Herrscherin ein Jahr lang als Page. So genoss er eine gute Erziehung.
Doch mit zwölf Jahren folgte Olaf Tryggvesson seinem brüderlichen Freund Thorstein und trat in das Heer des Großfürsten ein. An der Seite anderer Fürsten- und Jarlssöhne wurde der Sprössling des norwegischen Kleinkönigs Tryggve in allen Künsten des Kriegshandwerks ausgebildet, um bald als Heerführer in der Armee des Wladimir zu dienen. In den folgenden Kriegszügen gegen aufständische Stämme bewies der junge Olaf ein ums andere Mal seinen Mut und sein Kampfgeschick. Und jeder wusste, dass er dereinst ein großer Heerführer werden würde.

Dann aber geschah es, dass griechisch–orthodoxe Missionare in Kiew weilten, um dem Herrscher die Vorteile des Christentums nahezulegen. Die griechischen Mönche verstanden es nur allzu gut, dem Fürsten von Holmgard Honig um den Bart zu schmieren. Sie sprachen davon den russischen Knaben das Lesen und auch das Schreiben zu lehren, welches die Grundvoraussetzungen für eine gute Verwaltung seien. Auch die Baukunst und die Geheimnisse der griechischen Heilkunst boten sie dem Herrscher an, würde dieser sich taufen lassen und sein Reich in ein christliches verwandeln. Auch stellten sie ihm einen Pakt mit dem oströmischen Kaiser Basileios dem II. in Aussicht, welcher für Holmgard sicher große Vorteile mit sich bringen würde. Und so war der Großfürst Wladimir nicht abgeneigt, sich den Sitten und Gesetzen des Christentums der oströmischen Kirche zu unterwerfen.

Zur gleichen Zeit geschah es, dass in der Stadt Tschernigow, in der seit einiger Zeit der Thorstein als Hauptmann der Stadtwache diente, die heidnischen Bewohner gegen die wenigen Christen der Stadt vorgingen. Thorstein aber liebte die Tochter eines reichen, christlichen Händlers und hatte sich bereits insgeheim den Anhängern des Jesus Christus angeschlossen. Als nun die Heiden die Tochter des Händlers als Opfer für den Gott Frey forderten, stellte sich Thorstein offen an die Seite seines künftigen Schwiegervaters.
Nun weilten zu dieser Zeit auch einige Griechen als Gäste in der Hofburg des warägischen Händlers, und nur einem von ihnen gelang die Flucht, als die Bewohner von Tschernigow den Hof angriffen. Vom anderen Ufer des nahen Flusses musste er mit ansehen, wie alle Christen in der Stadt einen qualvollen Tod fanden. Voller Zorn reiste der Grieche nach

Kiew, um von den Vorfällen zu berichten und sich bitterlich über den Tod seiner Landsmänner zu beschweren.

Fürst Wladimir war außer sich vor Wut und befahl, die Stadt Tschernigow für diese Gräueltat zu bestrafen. Als Olaf Tryggvesson nun vom Tode seines brüderlichen Freundes Thorstein erfuhr, schwor er, fürchterliche Rache zu nehmen, und er bekam auch sogleich die Möglichkeit dazu, denn der Fürst schickte ihn als Heerführer mit vielen warägischen Kriegern nach Tschernigow, um sein Urteil zu vollstrecken. Ohne Gnade wurden die Befehle des Fürsten von Holmgard ausgeführt. Alle Männer der Stadt wurden von den Warägern des Olaf Tryggvesson getötet. Frauen und Kinder wurden in die Sklaverei geschickt, und die Stadt wurde ein Raub der Flammen.

*

Schnell wandelte sich nun das heidnische Fürstenreich Holmgard in ein christliches Land. Alles russische Volk musste die Taufe empfangen, und nur den Warägern in seinem Gefolge, gewährte der Großfürst noch die Glaubensfreiheit. Da begab es sich, dass der Kaiser des oströmischen Reiches von seinen Feinden arg bedrängt wurde, und er bat den Fürsten Wladimir um Hilfe. Drei Goldstücke für jeden Krieger und die Schwester des Kaisers zum Weibe verlangte der Fürst und Basileios willigte, unter dem Druck des Krieges, schweren Herzens ein.

Währenddessen war die Großfürstin Rogeneta, die immer schützend ihre Hände über Olaf gehalten hatte, von ihrem Gemahl verstoßen worden. Worüber der junge Jarl und Warägerhäuptling wenig erfreut war.

So zogen bald darauf sechstausend Krieger, darunter viele Nordmänner, nach Süden. Olaf Tryggvesson war mit einer kleinen Kriegerschar in Kiew verblieben, und als im Winter der befehlshabende Jarl der Waräger starb, ernannte der Fürst von Holmgard den jungen Krieger zum Jarl über alle Nordmänner in seinem Reich.

Das Heer des Wladimir hatte für den Kaiser erfolgreich einen Krieg geführt, und der Fürst wartete nun sehnsüchtig auf die Einhaltung seiner Forderungen. Doch erst unter der Androhung von Gewalt willigte Basileios der II. ein und schickte seine Schwester nach Holmgard. Noch einmal stellte nun die Schwester des Kaisers die Bedingung, dass sich alles Volk taufen lassen müsse. Ohne Ausnahme!

Dies vergrämte dem Olaf seinen Aufenthalt ihn Holmgard vollends, denn er war ein glühender Anhänger des Gottes Odin. Der einäugige Göttervater der Nordleute war ein Gott der Krieger, und er gab dem Norweger seine Kraft und sein Heil. Und viele der Nordmänner dachten schon bald so wie ihr Jarl!

„Ich bin des Dienstes für Wladimir überdrüssig", sprach Olaf zu seinen Hauptmännern. „Vielleicht ist dies ein Zeichen von Odin, und es ist für mich an der Zeit nach Norden zu ziehen, um mein Erbe einzufordern."

Ein alter Hauptmann namens Askold, der dem jungen Häuptling sehr zugetan war, stimmte dem Jarl sofort bei. „Olaf hat uns bisher gut geführt und zudem stammt er noch aus dem Geschlecht Harald Schönhaars! Warum also nicht?" Die Unterhäuptlinge und Hauptmänner der Waräger, die bei diesem Treffen anwesend waren, nickten allesamt zustimmend.

„Er soll auch weiterhin unser Anführer und Jarl bleiben", sprach Askold. „Sein Heil ist groß, denn Odin liebt diesen Krieger! Also soll er uns aus diesem Land in die Heimat führen!"

In aller Stille und Heimlichkeit bestiegen die Waräger wenig später ihre Langschiffe und segelten über das Schwarze Meer bis zur Dnjepr Mündung. Nur die wenigen

Nordmänner, die bereits Familien gegründet hatten, blieben in dem Reich des Wladimir zurück und ließen sich taufen. Als nun aber der Fürst von Holmgard Kunde über die Flucht der Waräger erhielt, war er auf das Äußerste erzürnt und befahl den Häuptlingen der wilden Steppenstämme, den Fahnenflüchtigen die Durchquerung ihres Landes zu verweigern. Zwar nicht alle Häuptlinge folgten dem Befehl Wladimirs, doch die meisten gehorchten, und so kam es immer wieder zu heftigen Kämpfen, die vielen Wikingern im Gefolge des jungen Jarls das Leben kosteten. Und obwohl Olaf fast die Hälfte seiner Wikingerschar verloren hatte, erreichten sie doch die Küste der Ostsee. Nur acht Langschiffe, diese aber voll bemannt, waren dem Jarl geblieben, als er die Grenze des Polenlandes erreichte. Heftiger Regen und eisiger Wind zwangen die Männer, ihre Fahrt nach Norden zu unterbrechen, und sie beschlossen, in die nächste Flussmündung, die sie finden würden, hinein zu rudern. So folgten sie einer Fahrrinne zwischen zwei Inseln, die die nordischen Großsegler in ein Haff führte. Dieses durchsegelten die Wikinger des Olaf und kamen an die Mündung eines Flusses, dessen Lauf sie folgten. Bald darauf erreichten sie eine Stadt. Es war die Stadt Jumne mit der großen Burg, auf der die weit gefürchteten Jomswikinger[9] herrschten. Sie waren dem Dänenkönig Sven Gabelbart untertan, und ihr Anführer war ein Jarl Namens Palnatoki von Fünen. Die Jomswikinger lebten nach strengen Regeln und Gesetzen, und dies war ihre Stärke. Es gab in dem Bund keine Männer, die älter als fünfzig Jahre waren, und jeder musste für den anderen bedingungslos einstehen. Wurde ein Jomswikinger unehrenhaft getötet, so nahmen seine Kampfgefährten dafür Rache.

---

[9] Jomswikinger – gefürchteter Wikingerbund, bewohnte die an der Odermündung gelegene Jomsburg

Olaf erfuhr auch, dass dies eigentlich das Reich des Polenkönigs Miezko war, der in seiner Königsstadt Posen residierte, die zwei Tagesreisen von Jumne entfernt lag. Doch dieser wagte es nicht, die dänischen Wikinger aus seinem Reich zu vertreiben.

Die Segler folgten nun dem breiten Strom, der Oder geheißen war. Nach einem Tag und einer Nacht erreichten sie eine Gabelung, und der linke Fluss, den die Polen Wartha nannten, führte direkt zu der Königsstadt des Reiches. Nicht weit von Posen, der Stadt, die auf einer Flussinsel erbaut war, errichteten die Wikinger an den Ufern der Wartha ihr Lager. Und Jarl Olaf begab sich auf seinem Langschiff in die Königsstadt, denn er wollte den Herrscher bitten, dass er mit seiner Wikingerschar im Polenreich überwintern dürfe.

Nach einigen Händlern und anderen ausländischen Besuchern wurde endlich auch Olaf Tryggvesson zur Audienz vor König Miezko gerufen. Und als der junge Jarl Olaf, er zählte erst neunzehn Jahre, vor dem Hofstaat der Polen in kurzen Worten seine Lebensgeschichte erzählte, waren vor allem die Damen sehr gerührt über die Geschichte des Königssohnes, der seine Jugend als Sklave gefristet hatte. Dieser Wikinger war ein besonderer Mensch, das war dem König sofort aufgefallen. Denn ein so junger Bursche, der es fertigbrachte, ein Heer von wilden und furchterregenden Seekriegern hinter sich zu scharen, musste etwas besonderes sein. Und da Olaf der Sohn eines Königs war, lud ihn Miezko ein, den nahen Winter in Posen zu verbringen. Einen solch weit gereisten Gast, und vor allem einen, der sich so gut im Reich des mächtigen Nachbarn Wladimir auskannte, bewirtete der Polenkönig nur zu gerne. Olaf schickte sofort einen Boten flussabwärts zu seiner Kriegerschar, und diese begannen ein großes Wik[10] zu

---

[10] Wik – befestigtes Winterlager der Nordmänner

bauen, in dem sie den nahen Winter sicher und warm verbringen wollten. Der Jarl selbst blieb mit nur wenigen Männern als Leibwache in Posen und genoss die Vorteile, die ein Königshof bot. Obwohl dies ein christliches Land und der König ein glühender Anhänger des Christengottes war, sah er über die heidnische Gesinnung der Wikinger wohlwollend hinweg. Schließlich waren sie mutige und kampfstarke Krieger, die ein König gerne an seiner Seite wusste.

Besonders der älteste Sohn des Polenkönigs beschäftigte sich viel mit dem Wikingerjarl, und die beiden jungen Männer, die beinahe im gleichen Alter waren, verband bald so etwas wie eine Freundschaft. Denn Boleslaw bedrängte Olaf nicht mit seinen Bekehrungsversuchen, so wie es andere taten. Da gab es aber auch noch eine junge Frau am Hofe des Polenkönigs, und schon an dem Tage, als Olaf zum ersten Mal vor die Druzina[11] getreten war, hatte das Mädchen sein Herz entflammt. Ihr Name war Geira, und sie war die älteste der drei Töchter des Königs Miezko. Schon bald wuchs die Liebe, die Olaf für das junge Weib empfand, bis ins Unermessliche, und es schmerzte ihn sehr, dass sie so unerreichbar schien. Sogar in die Kirche zu den Gottesdiensten folgte der verliebte Krieger der königlichen Familie, nur um einen Blick auf Geira werfen zu können. So wurde der Jarl immer trauriger, und sein Gemütszustand verschlechterte sich zusehends. Da fragte eines Tages Prinz Boleslaw, was ihn denn so sehr bedrückte.

„Es ist ein Weib! Richtig?", riet der Polenprinz lächelnd, und Olaf senkte verschämt den Kopf. „Sie ist aus einer hohen Familie und du glaubst sie für dich unerreichbar!" Nun nickte Olaf, und Boleslaw legte ihm freundschaftlich die Hand auf die Schulter. „Es wird sicher einen Weg zu

---

[11] Druzina – der polnische Hofstaat

deiner Liebe geben, Olaf", sprach der Prinz tröstend. „Ich werde dir helfen, soweit es in meiner Macht steht!
Doch eines sei dir gewiss: Wenn es ein Mädchen aus der Druzina ist, wirst du deinen Göttern abschwören müssen und fortan zu dem Herrn Christus beten!"

Auch den Männern, die mit Olaf in Posen weilten, war die Gemütslage ihres Jarls nicht entgangen. „Wir sind Wikinger! Also werden wir sie auf unser Schiff schleppen und Polen verlassen", schlug Askold vor. „Bist du verrückt geworden? Alter Narr!" Olaf war entsetzt, denn im Traum hätte er nicht daran gedacht, Geira mit Gewalt zu rauben. So musste er weiterhin seine Seelenpein ertragen und konnte nur darauf hoffen, hin und wieder ein Auge auf das schöne Weib werfen zu können.
Dann aber begab es sich, dass Olaf eines abends in die Kirche trat. Er konnte es sich selbst nicht erklären, warum der Weg ihn ausgerechnet hierherführte. Ihn, den Wikinger und überzeugten Odinsanhänger. Und als er so durch die Reihen der Bänke schlenderte, bemerkte er, dass in der ersten Reihe eine Gestalt saß, die in einen kostbaren Umhang gehüllt war, dessen Kapuze das Gesicht verdeckte. Die Person war in ein Gebet vertieft und hatte den Jarl noch nicht bemerkt. Langsam näherte er sich der ersten Bankreihe, die der Königsfamilie vorbehalten war. Sein Herz begann heftig zu klopfen. Was, wenn sie es war? Zögerlich näherte sich der Jarl der Bank, und als er erkannte, dass es tatsächlich Prinzessin Geira war, die dasaß und betete, schlug ihm sein Herz noch höher. Sie hob langsam den Kopf, und als sich ihre Blicke trafen, huschte ein scheues Lächeln über ihr schönes Gesicht. Nun nahm Olaf all seinen Mut zusammen und kniete sich neben das geliebte Weib. „Jetzt oder nie", sprach er leise zu sich selbst. „Auch wenn dies der Grund sein wird, dass man

mich morgen zum Richtplatz führt, so will ich dir doch meine Liebe gestehen, Prinzessin Geira!" Olaf sprach nun Worte, von denen er nicht im Traum gedacht hätte, dass sie eines Tages über seine Lippen kommen würden. „Mein Herz brennt lichterloh, geliebte Geira, und du sollst es wissen, bevor ich dieses schöne Land verlassen werde!" Da erschrak die Prinzessin. „Du willst Polen verlassen? Warum?"

„Ich kann gegen einen Mann kämpfen und scheue nicht die scharfe Klinge seines Schwertes. Doch die Schmerzen, die mir das Liebesleid bereiten, ertrage ich nicht länger!"

„Oh, mein Olaf, du dummer Kerl! Ich liebe dich doch auch!" Ihre schönen Augen funkelten wie Edelsteine, als sie die Worte sprach. Sie beugte sich vor und küsste den blonden Krieger innig, und wäre dies bekannt geworden, hätte es in der Tat den jungen Jarl den Kopf gekostet.

„Es ist Geira!", rief Boleslaw entsetzt aus, als das Paar vor den Prinzen getreten war, um dessen Hilfe einzufordern. „Niemals wird der König sein Einverständnis zu einer Vermählung geben!"

„Sicherlich hat mein Vater andere Pläne mit seiner ältesten Tochter", sprach Boleslaw, und man sah ihm seine Verärgerung an. „Sie wird einen Fürsten oder gar einen König heiraten. Als Pfand für den Frieden!"

„Nein, das werde ich nicht!", rief Geira trotzig aus. „Wenn ich Olaf nicht zum Gemahl bekomme, werden wir gemeinsam in den Tod gehen." Bestürzt sah der Prinz seine Schwester an. „So groß ist eure Liebe?", fragte er, und das Paar nickte. Eine Weile schwieg der Prinz und dachte nach. „Ich werde euch helfen, wie ich es versprach. Doch seid auch gewiss, es wird nicht leicht werden."

Prinz Boleslaw war ein geschickter und diplomatischer Redner, und außerdem besaß er genügend Schläue, um es mit der Sturköpfigkeit des Königs aufnehmen zu können. Und so gelang es dem Prinzen mit einer List, seinem Vater das Einverständnis für eine Vermählung abzuringen. Doch König Miezko war so erbost über diesen Streich, dass er Boleslaw in der Thronfolge zurücksetzte. Und auch Geira erhielt ihre Strafe. Ihre Mitgift sollte, da sie ja nur einen Jarl heiratete, so gering ausfallen wie die einer gewöhnlichen Kaufmannstochter. Doch die größte Strafe kam dem Wikinger zu, der die Frechheit besaß, um eine Königstochter anzuhalten. Er sollte die Taufe empfangen und seinen Göttern abschwören. Aber Miezko war nicht dumm und kannte die Durchtriebenheit der Nordmänner. Schon oft hatte er davon gehört, dass sie sich mit dem gesegneten Wasser benetzen ließen, nur um in christlichen Städten Handel treiben zu können. Nein! Olaf sollte ein echter Christ werden. An jedem Sonntag sollte er die Kirche besuchen, und der König legte ihm auf, am ersten Sonntag in der letzten Bank zu sitzen. Bei jedem Besuch durfte er eine Bank nach vorne rücken. Außerdem wurde er von dem Bischof in dem christlichen Glauben unterrichtet, und so vergingen viele Wochen. Doch auch diese Zeit verrann wie der Sand in einer Sanduhr, und eines Tages feierte der Hofstaat die Vermählung der Prinzessin Geira mit dem Heerführer Olaf Tryggvesson.

Ein ganzes Jahr war ins Land gezogen, und der Norweger Olaf hatte die glücklichste Zeit seines Lebens verbracht. Zwar hatte er sich durch einige Zweikämpfe als Oberhaupt der Wikinger behaupten müssen, aber er führte sein Schwert mit großem Können, und in ihm war die Erkenntnis gewachsen, dass das Heil des Herrn Christus größer sein musste, als jenes Odins. Er hatte sich einen großen Hof gebaut, und sein Glück war vollkommen, als Geira mit einem Kind unter dem Herzen ging. Doch dann geschah es, dass einige polnische Städte von feindlichen Stämmen aus dem Norden des Reiches bedrängt wurden, und Prinz Boleslaw erkannte die Gelegenheit, im Ansehen seines Vaters wieder zu steigen, wenn es ihm nur gelänge, diese aus der Umklammerung zu befreien. Er bat Olaf um Hilfe, und dieser war nur zu gern bereit, seinem Schwager zur Seite zu stehen. So zogen ein polnisches Heer zu Land und eine Wikingerflotte in den Fluten der Flüsse nach Norden. Nach harten Kämpfen hatten der Polenprinz und der Wikingerjarl die Feinde endlich vertrieben. Die Städte waren befreit, und die Anführer der feindlichen Stämme hatten geschworen, von nun an Frieden zu halten. Als die Wikinger jedoch nach langer Fahrt die Dächer und Türme der Stadt Posen erblickten, stockte ihnen der Atem. Schwarze Rauchwolken stiegen in den Himmel, und vor den Toren lag ein großes Belagerungsheer. Sofort hatte Olaf erkannt, wer da seine Hand nach Posen ausstreckte.

Jarl Palnatoki, der alte Anführer der Jomswikinger, war zu seinen Göttern gerufen worden, und sein Nachfolger, ein Jarl Namens Sigwaldi, hatte in seiner Gier die Schutzabgaben der Polen verdreifacht. Diese Summe konnte König Mieszko aber nicht bezahlen, und so griffen die Jomswikinger nun Posen an, um das Lösegeld zu erpressen. Olaf begriff sofort, dass er mit seiner Wikingerschar hier wenig anrichten konnte, zumal das Heer des Boleslaw noch auf dem Marsch war. Also beschloss er, zur Jomsburg zu segeln.

Mit einer List gelang es den Wikingern, in die gut befestigte Burg einzudringen, und dann war es ihnen ein Leichtes, die zurückgebliebenen Krieger zu überrumpeln. Dies war nur eine kleinere Wachbesatzung, dazu kamen kranke und verwundete Männer. Ein Bote überbrachte Jarl Sigwaldi die Nachricht, dass die Jomsburg in der Hand des Olaf Tryggvesson sei, und dieser brach daraufhin die Belagerung

Posens ab. Durch einen Schwur musste sich Jarl Sigwaldi dem Polenkönig unterwerfen und vor dem Miezko den Treueeid ablegen, sonst wäre die berüchtigte Jomsburg in Flammen aufgegangen.

Olaf Tryggvesson wurde als Held und Befreier des Polenreiches gefeiert, doch das Schicksal hatte ihm einen schweren Hieb versetzt. Seine geliebte Geira war im Kindbett gestorben, da ihr geschwächter Körper die Strapazen der Belagerung nicht ertragen hatte. Große Trauer herrschte nun im Polenreich, und das Volk litt mit dem Wikingerjarl. Doch aller Trost und Beistand halfen dem Olaf nicht, über seinen Verlust hinweg zu kommen. Immer mehr zog er sich vom Hofstaat zurück und verbrachte seine Zeit bei den Kriegern im großen Wik am Ufer des Flusses. Voller Wut und Zorn, meist betrunken, fluchte er über den Herrn Christus, der ihm das Liebste auf Erden genommen hatte, und fortan wolle er wieder dem Gott Odin opfern, ließ er verkünden. Darüber war der Bischof von Posen so erzürnt, dass er vom König forderte, den Wikinger aus dem Reich zu jagen. Doch Olaf Tryggvesson war das Leben in Polen sowieso verleidet, und nach dem Winter, es war das Jahr 991 n. Chr., verließ er das Reich König Miezkos, um auf Wiking auszufahren.

*

Drei lange Jahre waren vergangen, in denen Olaf Tryggvesson nun schon als gefürchteter Wikinger und Seekönig an den Gestaden des Nordmeeres sein Unwesen trieb. Über zwei Jahre lang verheerte er allein die Küste Schottlands und raubte und plünderte in den Dörfern und Städten, was er nur kriegen konnte. In guten Tagen war seine Flotte auf über dreißig Schiffe angewachsen, und manch ein König buhlte um die Gefolgschaft des jungen Seekönigs.

Und Olaf war wieder fest im Glauben an Odin und Thor, an Freya und all die anderen Götter, die Asgard[12] bewohnten. Er war fest davon überzeugt, dass sie es waren, die ihm nun wieder sein besonderes Heil spendeten.

Im Frühjahr des Jahres 993 n. Chr. war die Flotte des Olaf Tryggvesson arg zusammengeschrumpft. Sehr viele Schiffsführer hatten es satt, sich dem Oberbefehl eines anderen zu unterstellen und verließen die Gefolgschaft des Seekönigs, um ihr eigenes Glück auf einer Wikingfahrt zu versuchen. In diesem Sommer musste, wie schon so oft, die Insel Iona unter den wilden Seekriegern leiden, und auch einige Städte in Wales wurden geplündert. Dann zog es die Räuber nach Irland, und es kam dort zu Überfällen. Vor Dublin kaperten sie Handelsschiffe, und auch ein Nonnenkloster fiel ihnen zum Opfer. Die Bräute des Herrn Christus mussten sehr unter den Wikingern leiden und so manche von ihnen wurden, einige Monate später an den Überfall erinnert, als sie ein Kind gebaren. Im Herbst geriet die Flotte des Olaf Tryggvesson in einen heftigen Sturm, und die Schiffe wurden in alle Himmelsrichtungen auseinandergetrieben. Olaf selbst gelangte mit nur wenigen Schniggen an die Küste der Normandie. Hier bat er den normannischen Herzog von Rouen, den Winter auf dessen Land verbringen zu dürfen, und dieser willigte freudig ein, denn er nahm immer gerne Nordmänner auf, da die Wurzeln seiner Herkunft in Norwegen lagen.

Im Frühjahr des Jahres 994 jedoch zog es den Wikingerjarl wieder auf See hinaus und mit fünfzehn Schiffen fuhr der Tryggvesson auf Wiking aus. Das Angebot, im Gefolge des Herzogs zu bleiben, schlug er dankend aus. Langsam wuchs die Flotte der Langschiffe wieder an, denn es gab genügend

---

[12] Asgard und Midgard – die Götterwelt und die Welt der Menschen

46

Schiffseigner die bereit waren, dem berühmten Seekönig zu
folgen, und sie erwarteten großen Reichtum, wenn sie Olaf
den Gefolgschaftseid schworen.

Nun verschlug es die Seekrieger vor die Küste Britanniens,
und es kam, dass sich Olaf dem Dänenkönig Sven Gabelbart
anschloss. Dieser belagerte mit einer großen Kriegsflotte die
Königsstadt London, und Olaf erhoffte sich so viel
Reichtum zu erkämpfen, dass er eines Tages mit einer
großen Flotte nach Norwegen segeln könnte, um dort sein
Erbe einzufordern. Die Neuigkeiten, die nun an das Ohr des
Wikingerjarls gelangten, verwunderten Olaf doch sehr. Im
Polenreich war nach dem Tode Mieszkos doch sein Sohn
Boleslaw König geworden, was den Jarl sehr erfreute. Und
König Sven von Dänemark war nun ein Schwager des
Boleslaw, denn er hatte sich vor einiger Zeit mit dessen
Schwester Gunnhild vermählt. So war die drohende Gefahr
der Dänen von den Polen abgewandt, denn zwischen den
beiden Königreichen entwuchs seit langem ein Streit um die
pommerschen Gebiete. Und auch Jarl Sigwaldi, der neue
Jomsburgjarl, war nun ein Gesippe des Polenkönigs
geworden. Er hatte den Bund zwischen Boleslaw und dem
Dänen geschmiedet und war dafür mit der Hand der schönen
Astrid, der jüngsten Schwester des Königs, belohnt worden.
Mit den zweiunddreißig Schiffen die Olaf befehligte, lagen
nun über dreihundert Kriegsschniggen an den Ufern der
Themse.

Fast fünftausend Krieger drängten immer wieder gegen die
Mauern der Stadt. Sven Gabelbart hatte London fest in
seinem Griff, doch es gelang ihm nicht, die gut befestigte
Stadt zu überrennen, die dazu noch bis zum Bersten mit
britannischen Kriegern gefüllt war. Dazu kam, dass der
angelsächsische König Ethelred nicht in London weilte. Er
war in der Stadt Winchester in Sicherheit und schickte ein
Entsatzheer, um London aus der Hand der Nordmänner zu

befreien. Doch das Heer der Angelsachsen wurde von den Wikingern vernichtend geschlagen, und Ethelred bot daraufhin den Besatzern ein Lösegeld an.

Sechzehntausend Pfund Silberlinge verlangte Sven! Und um seine Königsstadt zu retten, zahlte der König der Britannier zähneknirschend diese Summe. Als es dann aber an die Verteilung der Beute ging, gerieten der König der Dänen und Olaf Tryggvesson in heftigen Streit. Olaf, dem als freiem Seekönig ein großer Anteil an der Beute gebührte, erhielt nicht mehr als ein gewöhnlicher Steuermann. Doch so wütend der Norweger darüber auch war, er konnte nichts dagegen tun. Noch in der folgenden Nacht machten sich Olaf und seine Krieger heimlich auf und ruderten die Themse hinab in die offene See. Nur noch knapp die Hälfte seiner Männer und vierzehn Schiffe waren dem Jarl geblieben. Der Traum, nach Norwegen zu segeln, war wieder in weite Ferne gerückt.

Es war schon Spätsommer geworden, als die Wikinger auf einer der Scilly-Inseln an Land gingen und ein Wik erbauten. Hier wollten sie ihre Wunden heilen und beraten, was sie nun noch den Rest des Sommers übertun könnten. Auf einer steilen Klippe, nicht weit des Wikingerlagers, stand ein Kloster, und einige Männer meinten, es wäre gut, erst einmal das Gotteshaus der Christen zu plündern. Doch Olaf Tryggvesson schlug den Vorschlag aus, und die Krieger in seinem Gefolge murrten. Es stand sowieso nicht gut um die Führerschaft des jungen Seekönigs. Die Beute war gering ausgefallen! Zu gering für die Schiffsführer, die ihm folgten, und viele waren der Meinung, der Jarl hätte das Heil Odins verloren. So geschah es eines nachts, dass einer der Schiffsführer, ein Mann, der dem Jarl die Herrschaft schon lange neidete, in das Zelt des Olaf Tryggvesson schlich und dem Schlafenden sein Schwert in die Brust stieß.

Als der Morgen graute, lag Olaf schwer verwundet auf seinem Lager, und der größte Teil seiner Krieger war dem Meuterer gefolgt. Sie hatten alle Schätze geraubt und waren mit den Schiffen auf das Meer hinaus gesegelt. Nur wenige Treue, gerade einmal zwei Schiffsbesatzungen, waren dem Jarl geblieben. Doch um Olaf stand es schlecht, und es war zu befürchten, dass er den folgenden Tag nicht überleben würde. Da fasste sich einer der Krieger, ein Mann, der schon mit Olaf aus Holmgard geflohen war, ein Herz, und brachte den schwer Verwundeten in das Kloster auf den Klippen. Schließlich kannte er die Heilkünste der Christenpriester, und ohne zu fragen, begannen diese mit ihrer heilenden Arbeit. Sie bereiteten Olaf ein Krankenlager und pflegten den Wikinger bei Tag und Nacht. Doch es dauerte einen vollen Monat, bis es geschah, dass der schon für tot gehaltene Mann zu neuem Leben erwachte.

„Der Herr Jesus Christus hat ein Wunder an dir vollbracht", sprach der Abt des Klosters leise, als Olaf endlich die Augen aufschlug. „Es warten sicher noch große Aufgaben auf dich, mein Sohn!"

„Ich will beten", sagte der Genesende schwach, und der über diesen Wunsch verwunderte Abt betete mit dem Nordmann das „Vater Unser". An jenem Tage hatte Olaf Tryggvesson zu dem Christengott zurückgefunden. Und als die Gefolgschaft des Jarls von der Heilung erfuhr, schwor auch sie, die Taufe zu empfangen, denn noch nie hatten sie einen Mann nach einer so schweren Verwundung gesunden sehen. Der Gott dieser Klosterbrüder musste also ein mächtiger Gott sein und so verging noch einige Zeit, bis Olaf mit seinen beiden Schiffen die Scilly-Inseln wieder verließ, um in das Reich König Ethelreds zurück zu segeln. Doch diesmal nicht, um zu rauben und zu plündern. Mit einer Botschaft des Abtes versehen, begab sich Jarl Olaf nach Winchester und suchte, wie ihm aufgetragen, den Erzbischof Aelfheah auf. Der Brief des Klostervorstehers und die Tatsache, den Mann vor sich zu haben, der vier Sommer lang die Küste Britanniens verheert hatte, ließ den Bischof erstaunen. Doch das Verlangen des einstigen Seekönigs Olaf, wieder in die Gemeinschaft der Christen aufgenommen zu werden, überraschte den Bischof und stimmte ihn milde. Mit einem weiteren Schreiben versehen, schickte er den einstigen Feind der Britannier nach London an den Hof König Ethelreds. Auch dieser staunte nicht schlecht, als er erkannte, wer da als bekehrter und reumütiger Büßer vor ihm stand. Und Ethelred wäre ein schlechter König gewesen, wenn er dies nicht hätte für seine Zwecke nutzen wollen. Er ließ verkünden, dass der christliche Glaube den Wikingern das Rauben und Morden verbieten würde, und so läge die Lösung des Problems darin, die Nordmänner zum wahren Glauben zu bekehren. Der gefürchtete Seekönig Olaf Tryggvesson, der dazu noch aus dem Geschlecht des Harald Schönhaar entstammte, war der lebende Beweis für seine Worte.

Einige Tage später wurde Olaf in der Kathedrale von London ein zweites Mal getauft. Es war ein Sonntag, als Bischof Aelfheah den gefürchteten Wikinger feierlich mit dem gesegneten Wasser benetzte, und König Ethelred selbst war sein Taufpate. Die Kunde von der Bekehrung des Wikingerjarls ließ der König nun schnell in seinem ganzen Reich verbreiten. Ethelred der Zweite, den sein Volk abfällig „den Ratlosen" nannte, da er nicht in der Lage war die Wikinger von seinem Land fern zu halten, wusste aber nur zu genau, wie schnell ein Nordmann seine Meinung ändern konnte. Olaf war der lebende Beweis dafür, denn er war in Polen ja bereits schon einmal getauft worden und vom wahren Glauben wieder abgefallen.

„Höre, Olaf Tryggvesson", sprach der König, nach dem er den Jarl in seine Halle gerufen hatte. „Vor nicht allzu langer Zeit verstarb in meiner Grafschaft Wales ein Earl. Er hinterließ eine junge Witwe mit Namen Lady Gydia. Sie wäre sicher eine standesgemäße Gemahlin für dich!"

Olaf sah den König erstaunt an, denn ihm stand gar nicht der Sinn danach, sich zu vermählen. „Dein Angebot ehrt mich sehr, König Ethelred. Doch bisher verschwendete ich keinen Gedanken daran, mir erneut ein Weib zu nehmen."

„Sei nicht so voreilig, Olaf", sagte der Britannier streng. „Lady Gydia ist ein schönes Weib! Sie ist Irin von Geburt, doch fließt in den Adern ihrer Sippe nordisches Blut. Und ich gebe zu bedenken, ihre Herrschaft ist nicht klein. Du würdest nicht geringe Einkünfte daraus erzielen und könntest in einigen Jahren sicher ein großes Heer aufstellen!" Der König schwieg einen Moment, um seine Worte wirken zu lassen. „War es nicht deine Absicht, dereinst nach Norwegen zurückzukehren, um dein Erbe einzufordern?"

Noch am selben Tage schickte der König einen Boten zu Lady Gydia, um ihr den Norweger als Gatten zu empfehlen. Und bald darauf reiste auch Olaf Tryggvesson nach Wales, um Heiratsverhandlungen mit der jungen Witwe zu führen, und er wurde dort freundlich empfangen.

Der Ehebund des Olaf Tryggvesson und der Lady Gydia wurde nach christlichem Brauch vollzogen, denn das schöne Weib war von der Erscheinung des blonden Norwegers schnell eingenommen. In einem Zweikampf mit einem Nebenbuhler hatte Olaf bewiesen, dass er der rechte Mann für die Irin war, und die Lady zeigte sich daraufhin schnell einverstanden. Noch im Spätherbst reiste das Paar mit dem Schiff nach Irland, wo Gydias Sippe große Macht besaß. Sie stellte den Norweger als ihren neuen Gemahl vor, und er wurde auch hier mit großer Freundlichkeit empfangen, da er, wie die Sippe der Gydia auch, dem Geschlecht des Harald Schönhaar entstammte.

Den Winter des Jahres 994 auf das Jahr 995 wollten sie in Dublin verbringen, und noch bevor der erste Schnee fiel, erreichte ein nordisches Handelsschiff den Hafen der irischen Stadt. Auf dem Knarr[13] fuhr ein Mann namens Thorir Klakka. Dieser Mann hatte bereits eine weite Seereise hinter sich gebracht, denn das Knarr kam aus dem Tröndelag, einem Gau im Nordwesten von Norwegen, und war zuerst von London nach Wales gesegelt. Doch dort fand Thorir Klakka nicht, wonach er suchte, also führte ihn der Weg nach Irland, und er wurde fündig. Endlich stand er dem Mann gegenüber, der der Anlass zu dieser langen Reise war. Der berühmte und gefürchtete Seekönig Olaf Tryggvesson! Olaf freute sich sehr über den Besuch seines Landsmannes und hörte sich willig an, was Thorir zu berichten hatte.

„Bist du der Olaf Tryggvesson, von dem ganz Thule spricht?", fragte er zuerst vorsichtig. „Der Seekönig und Wikingerjarl? Der Sohn des Königs Tryggve von Ranrike?" Da nickte Olaf und sah den Fremden erstaunt an, und dieser lächelte, als wäre er von einer schweren Last befreit. „Es ist kein Zufall, dass ich vor dich trete, Jarl Olaf", begann er nun zu berichten. „Die Bauern des Tröndelag leiden sehr unter der Herrschaft des Jarl Hakon von Lade. Er hat sich zum König der Tröndner gemacht und bricht an jedem Tag erneut die Gesetze, so wie es ihm beliebt. Mit seinem Gefolge zieht er von Hof zu Hof und frisst den Bauern die Vorratskammern leer. Keine junge Maid und auch keine verheiratete Frau ist sicher vor den gierigen Gelüsten des Jarls!"

Olaf hob verwundert die Augenbraue, schwieg aber, um sich weiter anzuhören, was Thorir zu berichten hatte.

---

[13] Knarr, Knorr, Knorre – dickbauchiges Handelschiff der Nordleute

„Nun schicken mich die Bauern des Tröndelag, um dir, Olaf Tryggvesson, die Krone anzubieten! Komm mit deiner mächtigen Flotte und befreie uns von dem bösen Jarl!"

„Ich muss dich enttäuschen Thorir Klakka", sprach Olaf ruhig. „Es ist wohl wahr, ich besaß eine große Flotte und viele Krieger dazu. Doch jetzt habe ich nur noch zwei Schiffe und nicht mehr als hundert Krieger, die sich wie ich zum Herrn Jesus Christus bekennen!" Der Bote war erstaunt und auch sichtlich enttäuscht.

„Das Volk der Tröndner glaubt fest an die alten Götter! Es wird wohl keinen christlichen König auf dem Thron dulden", sprach er bekümmert.

„Sollte ich wirklich König werden, so würde ich den Glauben an den Herrn Christus zum Gesetz erheben", sagte Olaf nun frei heraus, und Thorir war mit den Worten gänzlich unzufrieden. Sollte diese lange, mühselige Reise etwa umsonst gewesen sein? „Bedenke, dass der Trotz der Tröndner weithin bekannt ist. Zwinge sie nicht, ihren Glauben an die alten Götter abzulegen", sprach der Bote ruhig und freundlich. „Sonst wird es dir schnell wie dem Hakon ergehen!"

Olaf Tryggvesson lud den Gesandten aus dem Tröndelag ein, den Winter in seiner Halle zu verbringen. So blieb ihnen noch genügend Zeit, über die Angelegenheit zu beraten. Doch schon bald zeigte sich, dass Lady Gydia keineswegs bereit war, ihre Heimat zu verlassen, um Olaf nach Norwegen zu folgen. So sah Thorir Klakka seine Mission schon scheitern, doch er besaß noch einen Trumpf, den er geschickt auszuspielen vermochte.

Langsam wich der Winter dem Frühling, und es war dem Jarl sogar gelungen, den Boten Thorir von der Taufe zu überzeugen. Sein geliebtes Weib verlassen, um König eines Volkes zu werden, das ihn hassen würde, wollte Olaf aber nicht. Nun war für den Boten die Zeit gekommen, sein

Wissen preiszugeben. Das Feuer knisterte in dem großen Kamin der Gästehalle, in der der Jarl, einige seiner irischen Gesippen und auch Thorir Klakka saßen. Da begann der Tröndner von einer Geschichte zu erzählen, die er in Sotenäset gehört hatte. Beim Klang des Namens der Stadt, die einst die Königsstadt von Ranrike war, horchte Olaf auf. Es war die Saga von der Flucht der Königin Astrid, die Thorir zum Besten gab. „Das ist ja meine Mutter!", rief der Jarl überrascht aus. „Rede, Thorir! Sag was du weißt, und ich will dir jedes Wort mit Gold aufwiegen!"

„Oh, es steht mir nicht der Sinn nach einer Belohnung, aber ich werde berichten, was ich hörte", antwortete der Tröndner bescheiden. „Astrid, das Weib, das in erster Ehe die Gemahlin König Tryggves war, kehrte als Sklavin nach Norwegen zurück."

„In erster Ehe, und sie kehrte nach Norwegen zurück, sagst du! Heißt das etwa, dass meine Mutter noch lebt?", fragte Olaf aufgeregt.

„Nun, das kann ich nicht mit Gewissheit sagen. Doch man erzählt sich, dass die einstige Königin von einem Bauern aus Offrigstadt freigekauft wurde. Zum Dank willigte sie in eine Ehe mit diesem Mann ein und zeugte mit ihm noch drei Kinder. So erzählt man es! Es ist natürlich schon eine Weile her, dass ich diese Geschichte hörte und daher kann ich nicht behaupten, dass das Weib Tryggves von Ranrike, die frühere Königin Astrid, noch unter den Lebenden weilt!"

„Ich muss sofort nach Norwegen reisen", rief Olaf freudig aus. „Die Zeit drängt!"

In den folgenden Tagen bereitete der Jarl seine Reise nach Norwegen vor, in die Heimat, die er als Säugling verlassen hatte. Und obwohl Gydia, sein Weib, ihn bat in Wales zu bleiben, begann er, Krieger zu sammeln, die ihn begleiten sollten. Da Olaf aber geneigt war, nur getaufte Männer an seiner Seite zu dulden, gelang es ihm gerade einmal, fünf

Langschiffe mit Kriegern zu bemannen. Doch diese legten vor dem Jarl den Treueeid ab, der sich deutlich von dem heidnischen Gefolgschaftseid unterschied. Sie verwirkten ihr Recht der Mitbestimmung, so wie es bei den Wikingern üblich war, und sie schworen dem Anführer unbedingten Gehorsam.

„Ich werde mich auf keinen Kampf mit dem Hakon einlassen, sollte ich gewahr werden, dass die Worte des Thorir Klakka nicht der Wahrheit entsprechen", sagte Jarl Olaf zu seinem Weib, als der Tag der Abreise gekommen war, „dann werde ich mich sogleich zu meinen Gesippen begeben und nach meiner Mutter suchen. Im Herbst schon käme ich zu dir zurück." Traurig gab Gydia ihre Zustimmung zu der Reise ihres Gatten. Was sollte sie auch sonst tun? Es war entschieden!

Die Langschiffe des Olaf Tryggvesson befanden sich noch auf dem Nordmeer, als es im Tröndelag zu einem offenen Aufstand gegen den herrschenden Kleinkönig kam.

Das Verlangen Jarl Hakons nach dem schönen Weib eines Großbauern hatte das Fass zum Überlaufen gebracht. In größtem Zorn schickten die Jarle den Kriegspfeil durch das Land, und es sammelte sich ein großes Bauernheer, um dem bösen Jarl entgegenzutreten. Jarl Hakon floh daraufhin mit seinem Gefolge in die Berge, und sein Sohn Erlend, der in der Stadt Lade im großen Trondheimfjord weilte, um auf den Vater zu warten, erhielt den Befehl, mit den drei Langschiffen des Jarl Hakon nach Møre zu segeln. Doch zu dieser Zeit erreichten die fünf Langschiffe Olaf Tryggvesson den Fjord, und als er das Banner erkannte, das die Segler trugen, die ihnen entgegenkamen, befahl er den Angriff. Die Schiffe des bösen Jarl Hakon waren schnell aufgebracht, und Erlend, sein Sohn, war sterbend in den dunklen Fluten versunken. Nun wurde der Urenkel Harald Schönhaars in Lade als Befreier empfangen und von dem

Volk der Tröndner gefeiert. Und bald darauf riefen die Anführer und Großbauern des Tröndelag zu einem Thing, auf dem entschieden werden sollte, wer nun das Volk anführen würde. Thorir Klakka sprach sich dafür aus, den Sohn Tryggves zum König auszurufen, denn er entstammte dem Geschlecht Harald Schönhaars. Und viele stimmten ihm zu! Doch da war noch das leidige Thema der Glaubensfrage, die zum Streitpunkt wurde. Als Jarl Olaf aber gelobte, den alten Glauben zu achten, stimmten die mächtigsten Stammesführer und Häuptlinge des Tröndelag für den Urenkel des großen Königs Harald.

Im Sommer des Jahres 995 n. Chr. wurde Olaf Tryggvesson zum König über das Reich des Jarl Hakon ausgerufen.

*

Nachdem der neue König Olaf nun mit einer großen Flotte nach Süden gesegelt war und in jedem Fjord die Anhänger und Freunde des alten Königs Hakon vertrieben oder getötet hatte, gelang es ihm, die Gaue Westnorwegens unter seiner Herrschaft zu vereinen. Es war bereits Spätsommer, als Olaf Tryggvesson mit einem großen Heer begann, die von den Dänen besetzten südlichen Gaue Norwegens zu befreien. Ein dänischer Jarl nach dem anderen musste sich dem neuen König der Norweger geschlagen geben. Und nicht jeder nahm das großzügige Angebot des freien Abzuges an. König Sven Gabelbart war über den Verlust der norwegischen Gaue wenig erfreut, presste er hier doch viele Steuern aus dem Volk. Trotzdem war an eine baldige Rückeroberung nicht zu denken, denn der Dänenkönig hatte sein Augenmerk auf die Insel der Angelsachsen gerichtet, die er vom Danelag[14] aus verheerte. Im Gegensatz zu den

---

[14] Danelag – Gebiete Ostenglands, die bis in den Norden reichten und von den Dänen besetzt und besiedelt wurden

westlichen Gauen Norwegens setzte der neue König in die Gaue Wikens[15] nur christliche Jarle als Verwalter und Stadthersen ein. Nun endlich, nachdem man dem König auch noch den Kopf des bösen Jarl Hakon vor die Füße gelegt hatte, konnte sich Olaf Tryggvesson der Suche nach seinen Gesippen widmen. Schnell wurde er in Offrigstadt, im Hinterland Norwegens, fündig. Tatsächlich lebte die einstige Königin Astrid auf einem Hof als einfache Bäuerin, so wie es Thorir Klakka erzählt hatte. Und mit großer Freude sah Olaf, dass es seiner Mutter und auch seinen älteren Schwestern und den drei Halbgeschwistern gut erging. Zwar war das Haar der einstigen Königin schon leicht ergraut, doch sie erfreute sich bester Gesundheit und lebte sogar in kleinem Wohlstand. Noch vor Einbruch des Winters zogen die Gesippen, auf den Wunsch Olafs hin, in die Königshalle von Sotenäset ein, von wo aus der Herrscher sein Reich regierte. Olaf Tryggvesson hatte die Gaue vereint und war nun König über ganz Norwegen.

Im Frühjahr des Jahres 996 aber begann König Olaf sein christliches Bekehrungswerk. Zuerst mussten die Bewohner von Sotenäset die Taufe empfangen, denn der König wollte nicht mit Heiden in einer Stadt leben. Dann schickte der Herrscher seine Krieger aus, und in ganz Südnorwegen, bis hin zur Götaälv, dem Grenzfluss zwischen dem Reich Olafs und dem des Dänen Sven, ließ er die Heidentempel und die Götzenbilder verbrennen. Alles Volk wurde nun mit dem Schwert zur Taufe gezwungen. Doch im Herbst bekam Olaf die ersten Auswirkungen seiner Bekehrungswut zu spüren. Die Jarle West- und Nordnorwegens waren erzürnt über die Taufpflicht, die der Jarl im Süden eingeführt hatte, und diese ja auch mit Waffengewalt durchsetzte. Sie warfen dem König Wortbruch vor und weigerten sich, die Abgaben zu

---

[15] Wiken – Bezeichnung aller Gaue Südnorwegens

zahlen. Mit Gewalt jagten die Vögte und Steuereintreiber sie kurzerhand von ihren Höfen.

Also segelte der König im folgenden Frühling mit einer Kriegsflotte in das Tröndelag, um die dortigen Jarle wieder unter seine Herrschaft zu zwingen. Doch die Jarls von Agde, Møre und Lade hatten ein großes Heer gesammelt, um dem wortbrüchigen König entgegenzutreten.

Als Olaf dies sah, schickte er Boten zu den Jarlen, um ihnen Verhandlungen anzubieten. Da war die Freude der meisten Stammesoberhäupter groß, denn sie glaubten, den König besiegt zu haben. Und auf einem Thing verlangten sie von Olaf Tryggvesson, dass er an ihrem heidnischen Opferfest teilnehmen sollte.

„Ihr verlangt von mir, einem gläubigen Christen, dass ich euren teuflischen Götzen ein blutiges Opfer darbringe?", rief der König erzürnt in die Halle. „Aber ich will mich eurem Wunsch fügen!" Nun waren sich die Jarle sicher, den König von Norwegen in die Knie gezwungen zu haben. Doch sie sollten sich irren. „Da ich aber ein König bin und kein gemeiner Bauer", sprach Olaf nun ruhig, und es wurde still in der Halle, „könnt ihr von mir nicht verlangen, dass ich gewöhnliche Sklaven zum Opferstein führe. Es sollen nur die Höchstgeborenen sein, die durch mein Messer sterben!"

Da nannte der König die Namen einiger Jarle aus dem Tröndelag, meist die aus dem großen Fjord. Sofort kamen Krieger in die Halle gestürmt und setzten die Männer fest. Die Bestürzung unter den anderen Jarlen, Häuptlingen und Odalbauern[16] war groß, aber sie konnten nichts dagegen tun, standen sie doch vor gezogenen Klingen.

In den folgenden Tagen traten nun die Gesippen der Gefangenen vor den König und baten um Gnade für die Familienoberhäupter. Sie versprachen, auch die Taufe anzunehmen und fortan ehrlich dem Herrn Jesus Christus zu

---

[16] Odalbauer – Bauer mit dem Recht seinen Hof zu vererben

huldigen. Dies galt natürlich auch für alles Volk in ihrer Gefolgschaft. Der König zeigte sich einverstanden, und die Jarle des Trondheimfjord knieten allesamt vor den christlichen Priestern nieder und ließen sich mit gesegnetem Wasser benetzen. Viele Bauern folgten ihrem Beispiel, und als sich ein Gode[17] erhob und erzürnt gegen den König drohte, wurde dieser ohne zu zögern von der Bevölkerung erschlagen. Nun war Olaf Tryggvesson guter Hoffnung, dass die Jarle des Tröndelag zu ihrem Schwur stehen würden. Doch kaum war er wieder in der Königsstadt Sotenäset, drangen ihm beunruhigende Nachrichten von aufsässigen Goden ans Ohr, die versuchten, das Volk im Norden aufzuwiegeln. Aber die Jarle hielten ihr Wort, nicht zuletzt, weil sich der König ihre erstgeborenen Kinder als Geiseln stellen ließ. Zu groß war nun die Angst der Stammesführer, sie könnten das Leben ihrer Nachkommenschaft gefährden. Die Geiseln dagegen, wurden von dem König gut behandelt. Sie erhielten eine christliche Erziehung, sodass die Mädchen am Hofe dienen konnten und den Knaben eine militärische Laufbahn im Heer Olafs offenstand. Die Goden des Trøndelag aber endeten meist auf dem Scheiterhaufen.

*

Es war das Jahr 998 n. Chr., als Olaf im großen Fjord, an den Ufern des Flusses Nid, einen Königspalast bauen ließ, denn er wollte vermeiden, dass sich die Jarle von Westnorwegen noch einmal gegen ihn erheben würden. Schnell wuchs daraus eine große Stadt, die Nidaras genannt wurde. Noch im gleichen Jahr geschah es, dass Olaf, von seinen Beratern gedrängt, in Heiratsverhandlungen trat.

---

[17] Gode – Häuptling, der auch die Funktion eines heidnischen Priesters inne hatte

Sigrid Storrada, die Königswitwe von Schweden, sollte die Auserwählte sein. Sigrid, die man auch „die Stolze" nannte, regierte an der Seite ihres Sohnes, der noch recht jung war und „der Schoßkönig" genannt wurde, das Land. Man erzählte sich in ganz Thule, dass sie ein sehr schönes Weib, doch von schlechtem Charakter sei. Zudem war sie eine Freyr - Priesterin und gab sich gerne den Männern beim Fruchtbarkeitsritual hin. Sigrid war fest im Glauben an die alten Götter, und dies sollte schon bald zu einem großen Problem werden.

Es war Winter geworden, und der Schnee lag hoch in dem Grenzgebiet zwischen Norwegen und Schweden, als der König mit dem Schlitten in die Stadt Kungälf fuhr, wo die Verhandlungen stattfinden sollten. Und endlich, nach mehreren Tagen des Wartens, erschien auch die Königin der Schweden am vereinbarten Treffpunkt.

Doch die Regentin ließ den hochgeborenen Freier noch weitere zwei Tage warten, bis sie seiner Einladung folgte. König Olaf war jedoch sehr beeindruckt von der Erscheinung des Weibes, denn sie war schlank von Gestalt, hatte langes blondes Haar und ein besonders schönes Antlitz. Doch schon bald zeigte die liebreizende Sigrid ihr wahres Gesicht, denn die Heiratsverhandlungen liefen nicht so, wie es sich die Berater der Hoheiten gewünscht hätten. Mehr und mehr Forderungen stellte die Sigrid, und schon bald wurden die Bedingungen des Weibes zunehmend unverschämter. König Olaf aber machte Zugeständnisse, ging es doch bei der Vermählung ausschließlich um ein Waffenbündnis gegen die Machtgier des Dänenkönigs. Dann aber kamen sie an den Punkt, der dem Norweger am wichtigsten erschien: Der Glaube an den Gott der Christen! König Olaf Tryggvesson war keineswegs bereit, eine Heidin an seiner Seite zu dulden. So verlangte er von Sigrid, die Taufe zu empfangen, und sei es nur zum Schein. Da geriet

die schöne Königin in größte Wut. „Niemals werde ich einem Sklavengott huldigen", rief sie zornig aus. „Freyr wird mir mein Heil nehmen und mein Schoß wird veröden!" Beleidigungen der schlimmsten Art musste der König nun über sich ergehen lassen, und da Olaf im Laufe des Abends dem Met sehr zugesprochen hatte, geschah das Unglück. „Du elende Freyr-Hure wagst es, mich zu beleidigen! Niemals werde ich eine schwedische Hündin an meiner Seite dulden", rief er betrunken und zornig aus, und gab der Königin eine schallende Ohrfeige. Sofort zogen die Krieger ihre Schwerter, und die Berater hatten alle Hände voll zu tun, damit der Abend nicht in einem Blutbad endete.
Am nächsten Morgen verließ die schwedische Herrscherin unter übelsten Racheschwüren die Grenzstadt Kungälf, und Olaf wusste, dass er einen weiteren gefährlichen Feind hinzugewonnen hatte.

Im Frühsommer des Jahres 999 n. Chr. brachten Boten die Nachricht an den Hof von Nidaras, dass König Sven von Dänemark sein Weib Gunnhild in das Danelag verbannt hatte. Und im Sommer wurde in Thule die Kunde verbreitet, dass Sven sich eine neue Gattin gewählt hatte. Es war die schwedische Königin Sigrid „die Stolze".
Dies war eine schlimme Botschaft für das norwegische Reich, denn es stand außer Zweifel, dass diese Ehe nur als ein Waffenbündnis gegen König Olaf Tryggvesson diente. Sigrid machte ihre Drohungen wahr, die sie gegen König Olaf ausgesprochen hatte. Es gab außer dem Verlust Südnorwegens noch einen Dorn, der tief im Fleisch des Dänenkönigs steckte. Das war der Verzicht auf die Herrschaft über die Jomswikinger. Da der polnische König Boleslaw, dem die Oderwikinger durch einen Schwur unterstellt waren, als Freund des Norwegers bekannt war, bestand die Gefahr, dass dieser die Krieger der Jomsburg

seinem einstigen Schwager im Kampf zur Seite stellen könnte. Und die Kampfkraft der Jomswikinger war auch von dem dänischen König gefürchtet.

Nun hatte König Sven eine jüngere Schwester, Thyri geheißen. Sie war ein schönes Weib, und wie bereits ihr Vater Harald zuvor, von christlichem Glauben. Sogar ein Mönch stand ihr als Ziehvater zur Seite. Doch der Boshaftigkeit der Sigrid war es zu verdanken, dass Sven einen Boten in das Polenreich entsandte, um seine Schwester Thyri dem Boleslaw zum Weibe anzubieten. Die Gemahlin des Polenkönigs war verstorben, und dieser zeigte sich einer Heirat nicht abgeneigt. Ein Ehebündnis mit den Dänen verringerte schließlich die Gefahr eines Krieges. Lange redeten König Sven und seine Gemahlin Sigrid auf Prinzessin Thyri ein. Doch Thyri Haraldsdottir weigerte sich standhaft, den König des Polenreiches zu ehelichen. Zu groß war die Angst, dass es ihr am polnischen Hofe ebenso übel ergehen würde wie einst der polnischen Prinzessin Gunnhild an der Seite ihres Bruders Sven. Doch da zeigte Königin Sigrid erneut ihre Boshaftigkeit, und hatte sie vorher mit Engelszungen auf Thyri eingeredet, so wurden ihre Worte nun hart und zornig. Und als sie drohte, den christlichen Mönch, der Thyri ein lieb gewonnener Freund war, den wilden hungrigen Hunden zum Fraß vorzuwerfen, gab die Prinzessin dem Wunsch ängstlich und gedemütigt nach. Jedoch nur unter der Bedingung, dass sie den Erbschatz der dänischen Königsfamilie als Aussteuer bekäme. Schweren Herzens willigte Sven in den Handel ein, denn seine Schatzkammern waren durch den Krieg in Britannien bereits bedrohlich geleert.

König Sven von Dänemark betraute nun den Jomsburgjarl Sigwaldi, der ihm trotz des Eides, den die Jomswikinger dem Polenkönig geleistet hatten, ein treuer Untertan war, mit der Aufgabe, die Heiratsfäden nach Polen zu knüpfen.

Es war noch Sommer, als die Flotte Sven Gabelbarts in der Jomsburg eintraf, um dort die Hochzeitsverhandlungen zu führen. Nach Posen wollte der Däne nicht reisen, denn ihm schien die Gefahr zu groß, so in die Hände seiner Feinde zu fallen. Sven war wegen der Besetzung Pommerns im Polenreich nicht sehr beliebt. Freundlich aber wurden die Dänen dagegen auf der Jomsburg empfangen. Hier, als Gast Jarl Sigwaldis war der König sicher!

Die Verhandlungen mit Boleslaw dauerten nicht lang, und nach nicht einmal einem halben Monat segelte die dänische Flotte zurück nach Norden. Prinzessin Thyri, die nun die Königin von Polen war, blieb an der Seite Boleslaws zurück. Doch die junge Königin fühlte sich im Polenreich äußerst unwohl, und sie verweigerte sich ihrem um einige Jahre älteren Gatten. Immer noch hegte sie den Gedanken, von dem König genauso schlecht behandelt zu werden wie einst dessen Schwester in Dänemark. Nur ihrem Priester, der treu an ihrer Seite geblieben war, vertraute sie gänzlich, und es dauerte nicht lang, da befahl sie ihm, die Flucht aus dem Polenreich vorzubereiten. Ihr Ziel sollte Norwegen sein!

Es war bereits Herbst, als Prinzessin Thyri den Königshof von Nidaras erreichte und vor König Olaf auf die Knie sank. Der Palast des Norwegerkönigs erschien ihr der einzig sichere Ort vor den Nachstellungen des Sven Gabelbart zu sein. Waren die beiden Könige sich doch feindlich gesinnt. Außerdem war Olaf Tryggvesson weithin als guter Christenmensch bekannt, und so hoffte die Prinzessin, am Hofe des Norwegers Aufnahme zu finden. So geschah es dann auch.

Thyri berichtete die ganze Geschichte über ihre Heirat mit Boleslaw, und König Olaf durchschaute schnell den teuflischen Plan des Sven und der Sigrid, der dahintersteckte. Auf den Befehl Olafs hin erklärte der Bischof von Nidaras die Heirat für ungültig, da sie von

Heiden erzwungen war. So war Prinzessin Thyri vor den Augen der Kirche wieder ein freies Weib. Und nun geschah es, dass König Olaf Gefallen an der dänischen Prinzessin fand, und auch diese schien dem König nicht abgeneigt. Bald kam der Winter, und noch vor dem Weihnachtsfest wurde in Nidaras eine Hochzeit gefeiert. Als Sven Gabelbart von der Flucht seiner Schwester aus dem Polenreich erfahren hatte, schäumten er und sein Weib Sigrid vor Wut. Nun aber, da die Nachricht ihrer raschen Vermählung mit Olaf Tryggvesson an den dänischen Königshof getragen wurde, verstieß er Thyri aus der Familie und drohte einem jeden mit dem Tode, der ihr jedwede Hilfe zukommen ließ.

Der Winter des Jahres 999 n. Chr. war kalt, dunkel und lang. Die Handelstätigkeiten waren zum Erliegen gekommen, genau wie die Raubfahrten der Wikinger und die Kriege, die sie führten. Mit großen Festen vertrieb man sich die Zeit, so auch am Hofe des Königs von Norwegen. Schon oft hatte die junge Königin dem Erbschatz ihrer Familie nachgetrauert, den sie bei ihrer Flucht im Polenreich zurücklassen musste. Und genauso oft hatte sie ihren Gatten gebeten, diesen doch aus dem Polenreich zu holen, denn Olaf und Boleslaw waren sich trotz der Vorfälle weiterhin freundschaftlich gesinnt. „Es ist zurzeit viel zu gefährlich für mich, mein Land zu verlassen, liebste Thyri", hatte Olaf das junge Weib vertröstet.
Da geschah es auf einem großen Fest, dass sich Thyri erhob und erneut darum bat, dass Olaf ihren Schatz nach Norwegen holen möge. Doch auch diesmal weigerte der König sich, dem Wunsch seiner Königin nachzukommen, und die Berater Olafs atmeten erleichtert auf. Nun aber zeigte sich Thyri trotzig und uneinsichtig wie ein störrisches Kind. „Ist mein Gatte, der König der Norweger, nicht Manns genug, um für sein Weib den Feinden

entgegenzutreten?" rief Thyri wütend in die Halle, und dem Hofstaat stockte der Atem. Von der Gier nach dem Gold und Silber geblendet, zeterte sie, und kein Berater konnte sie von ihrem Tun abhalten. „Bist du vielleicht ein Hasenfuß, dem die Angst vor dem großen Sven Gabelbart den Mut raubt?"

Da erhob sich Olaf Tryggvesson von seinem Hochstuhl, und ein leichtes Wanken verriet, das er vom Met reichlich getrunken hatte. Diese Demütigung konnte für Thyri böse Folgen haben, doch entgegen aller Erwartungen blieb der König ruhig. „Wenn meinem Weib soviel daran liegt, ihren Erbschatz zu besitzen, dass sie es gar wagt, mich vor meinem Hofstaat einen Hasenfuß zu nennen, so will ich ihren Wunsch erfüllen! Im kommenden Sommer werde ich eine Flotte ausrüsten und nach Polen segeln!"

Die Worte waren gesprochen, und es gab für König Olaf Tryggvesson nun kein Zurück mehr, wollte er nicht sein Gesicht verlieren. Obwohl es der jungen Königin später sehr leidtat und sie ihren Gemahl bat, die Reise nicht zu wagen, stand der Entschluss des Königs nun fest.

*

So wie er es versprochen hatte, rief der König im Sommer des Jahres 1000 n. Chr. eine große Flotte von Schiffen nach Nidaras. Die Jarle aller Gaue mussten Olaf Tryggvesson ihre Schiffe und Mannschaften stellen. Bald schon hatte sich eine Flotte von über sechzig Drachenschiffen vor der Stadt gesammelt, und das größte und schönste der Schiffe lag fest vertäut am Kai im Hafen von Nidaras. Es war das neue Schiff König Olafs.

Der Wind blies günstig aus Norden, als die große Flotte der Norweger in See stach, und es dauerte nicht lange, da erreichten sie die südlichste Spitze des Reiches. Vorbei an

Kap Lindesnäs segelten sie nun nach Südosten und gelangten bald in die dänischen Gewässer. Entlang der feindlichen Küste fuhren sie in den großen Sund, um auf einigen dänischen Inseln Strandraub zu treiben. Sven Gabelbart sollte sehen, dass sich die Norweger keineswegs vor ihm fürchteten. Besonders heftig und grausam fielen die Wikinger auf der Insel Seeland ein und töteten, brandschatzten und vergewaltigten auf barbarische Weise in den Küstendörfern. Nach drei Tagen erreichte die Flotte die enge Fahrrinne zwischen den Inseln Wollin und Usedom, die in das große Oderhaff führte. Sie durchsegelten das Haff und steuerten in die Mündung der Oder, wo sie bald die Jomsburg erreichten. Hier wurde König Olaf von Jarl Sigwaldi und seiner Gemahlin, der polnischen Prinzessin Astrid, freundlich empfangen. Sofort schickte man einen Boten nach Posen, um König Boleslaw die Nachricht von der Ankunft seines einstigen Schwagers zu überbringen. Mit großer Freude ließ dieser verkünden, dass Olaf ihm willkommen sei und er diesem wegen seiner Vermählung mit Prinzessin Thyri keineswegs gram sei. Er sah die Schuld allein bei König Sven, der seiner Schwester die missglückte Heirat aufgezwungen hatte. So begab sich König Olaf nach zwei Tagen, die er in der Jomsburg als Jarl Sigwaldis Gast verbracht hatte, mit zehn Schiffen auf den Weg nach Posen an den Hof König Boleslaws.

Glückliche Tage verbrachte der Norwegerkönig in der Königsstadt der Polen, an dem Ort, der ihm die schönste Zeit seines Lebens beschert hatte. Er besuchte das Grab seiner geliebten Geira, um dort zu beten, und verbrachte soviel Zeit, wie es nur möglich war, mit seinem Schwager Boleslaw. Bald aber drangen beunruhigende Nachrichten an den Königshof. Im großen Haff waren Spähschiffe der Dänen oder Schweden gesichtet worden, und dies bedeutete meist Gefahr. Da war es Jarl Sigwaldi, der das Angebot unterbreitete, dass eine Flotte der Jomswikinger als Geleit die Schiffe König Olafs bis in die Ostsee begleiten könnte. Sofort stimmte Boleslaw dem Vorschlag zu, und da Olaf seinen Schwager nicht kränken wollte, nahm er das Angebot dankend an. Bald darauf kam der Tag der Abreise, und die Schiffe des Norwegerkönigs fuhren zurück zur Jomsburg, um sich dort mit den anderen Schiffen der großen Flotte zu vereinen und die Heimreise anzutreten. Es war bei schönstem Sonnenschein und warmem Sommerwetter, als die Flotte die Oder hinab ruderte. Allen voran fuhr das Flaggschiff, der große Drachen des Königs, gefolgt von der Flotte der Norweger. Die Jomswikinger Jarl Sigwaldis bildeten die Nachhut. Doch bald schon brachten die Späher, die voraus gesegelt waren, die Nachricht von einer riesigen Kriegsflotte, die sich im Haff gesammelt hatte. Und nun erst bemerkte König Olaf, dass sich die Schiffe der Jomswikinger zurückfallen ließen und so die Oder versperrten. Es gab nun keine Möglichkeit zur Umkehr mehr!

„Sigwaldi, du elender Feigling!", rief Olaf zornig aus und reckte seine geballte Faust zum Himmel. „Es scheint mir noch schlimmer", sagte einer der Hauptmänner des Königs. „Sigwaldi ist ein Verräter und steckt mit dem Dänen unter einer Decke! Dies ist eine verfluchte Falle!"

Da kam ihnen ein Schiff entgegen gerudert, und es trug eine weiße Flagge am Mast. Die Schnigge legte sich längsseits an das Königsschiff, und Olaf Tryggvesson trat an die Reling heran.

„Ich bin Jarl Erik, der Sohn Jarl Hakons von Lade", rief der Schiffsführer des feindlichen Seglers. „Ich bin Olaf Tryggvesson, König von Norwegen! Sage, was du zu sagen hast, Jarl Erik", erwiderte der König streng.

„Ich komme, um dir die Forderungen der Könige von Dänemark und Schweden zu überbringen!"

„Ihr stellt mir eure Forderungen?", lachte Olaf bitter und drohte unverhohlen. „Und ein Norweger ist ihr Laufbursche. Wir werden euch eure heidnischen Schädel blutig schlagen!"

Doch der Hakonsson zeigte sich wenig beeindruckt von der Herausforderung. „König Sven gewährt dir freien Abzug, vorausgesetzt, du schwörst, nie mehr nach Norwegen zurückzukehren, Olaf Tryggvesson", sprach er verächtlich. „Weigerst du dich, wird dies heute dein letzter Tag in Midgard sein. Entscheide dich, Heuchlerkönig!"

„Der Herr Jesus Christus steht auf unserer Seite, und er wird euch Heidenbrut zerschmettern, Jarl Erik!"

Olaf Tryggvesson war davon überzeugt, dass der Christengott ihnen die Kraft dazu geben würde. „Keinen Ruderschlag werden wir weichen, sag das König Sven!"

Zufrieden sah der Hakonsson den Norwegerkönig an. „Ich hatte schon Angst, dass dieser Däne mich um meine Rache bringt! Aber heute werde ich den Tod meines Vaters Hakon vergelten, Olaf!"

Das Schiff des landesflüchtigen Norwegers Erik Hakonsson legte ab und ruderte die Oder hinab bis in das große Haff. Sofort gab König Olaf seine Befehle, sodass sich seine Krieger für den bevorstehenden Kampf rüsten konnten. Immer vier Schiffe wurden nebeneinander zusammengebunden, sodass Plattformen entstanden, auf denen die Krieger kämpfen konnten. Ruderschlag um Ruderschlag fuhren sie nun die Oder flussabwärts und erreichten bald darauf die Mündung, die in das große Haff führte. Dort erwartete sie eine riesige Flotte aus Dänen, Schweden und den heidnischen Norwegern des Erik Hakonsson, die vor der Bekehrungswut des Olaf Tryggvesson geflohen waren.

Der Kampf begann und zeigte lange keinen Vorteil für das eine oder andere Heer. Schiffe wurden erobert und gingen wieder verloren. Das Blut der Kämpfenden rann in tiefroten Bächen über die Planken der Schniggen, und die Getöteten gingen, einer nach dem anderen, über Bord und versanken in den dunklen Fluten des Haffes. Mutig kämpften die Norweger, wussten sie doch das Heil des Herrn Christus auf ihrer Seite. Doch die Übermacht des Gegners war erdrückend, und bald schon schwanden den Verteidigern die Kräfte, während die Angreifer immer wieder frische Krieger in den Kampf schickten.

Dann wurde es Nacht, die Kämpfe ließen nach und wurden schließlich zur Gänze eingestellt. Nun kam für die Krieger die Zeit, ihre Wunden zu behandeln und zu ruhen.

Plötzlich traten die Stevenhauptmänner vor ihren König, die die Schlacht verloren glaubten. „Was wird geschehen, wenn am Morgen die Sonne aufgeht?", fragte einer der engen Vertrauten König Olafs. Da seufzte der König und sprach leise aus, was alle anderen dachten: „Ich glaube, dass ich die Herrschaft über Norwegen verloren habe. Doch morgen will ich eines ehrenvollen Todes sterben, wie es sich für einen König geziemt!" Da begehrten die Stevenhauptmänner auf, denn sie wollten ihren König nicht sterben sehen. „Davor möge der Herr Christus uns bewahren", sagte ein Hauptmann, der schon im Kiewer Reich an der Seite Olaf Tryggvessons gekämpft hatte. Er sah die anderen Schiffsführer an und sprach mit einem frechen Lächeln auf dem Gesicht: „Ein guter Schwimmer würde es bis an das Ufer des Polenreiches schaffen! Gib mir deinen goldenen Helm und nimm du den meinen dafür, König Olaf!"

Es war noch vor Sonnenaufgang, als der Herrscher der Norweger einen erneuten Versuch befahl, den Belagerungsring der Feinde zu durchbrechen. Wieder begannen heftige Kämpfe, in deren Verlauf viele Krieger über Bord gingen. Unter ihnen auch ein Mann, der einen goldenen Kopfhelm trug. Die Feinde schossen ihre Pfeile nach den in den kalten Fluten treibenden Kriegern, und sie stachen mit ihren Speeren auf die Unglücklichen ein. Gellende Todesschreie hallten über das Wasser, und so mancher Leib versank in der Tiefe. Als nun die Nachricht von Schiff zu Schiff getragen wurde, dass der König der Norweger den nassen Tod gefunden hatte, endete die Schlacht im Oderhaff. Großzügig ließ Sven Gabelbart verkünden, dass er den überlebenden Kriegern des Feindes einen ehrenvollen Abzug gewährte.

Als der Polenkönig Boleslaw von dem Verrat Jarl Sigwaldis erfuhr, war er außer sich vor Wut. Er ließ seinen Lehnsmann nach Posen bringen und hielt über ihn Gericht. Fast flehend bat der Jomsburgjarl darum, mit dem Schwert in der Hand einen ehrenvollen Tod sterben zu dürfen, und König Boleslaw erkannte, dass Sigwaldi noch fest im Glauben an die alten Götter des Nordens war. Dies erzürnte den König noch mehr, und er verurteilte den Jarl dazu, den Rest seines Lebens bei Wasser und Brot, bei täglichen Stockschlägen und Peitschenhieben, im Verlies zu fristen. Dies war wohl die schlimmste Strafe, die sich ein Jarl, ein Krieger und gefürchteter Wikinger denken konnte.
Einige Zeit war vergangen, da trat ein Pater vor den König der Polen und behauptete, ihm sei in einer kleinen Kapelle der einstige König von Norwegen begegnet.
Der Gottesmann schwor, den Tryggvesson von Angesicht zu kennen, und der Mann, der in die Gewänder eines Mönches gekleidet vor ihm stand, sei ohne jeden Zweifel König Olaf Tryggvesson gewesen.

*

4. Thangbrand, der Missionar

Im Frühsommer des Jahres 997 n. Chr. fuhr ein Knarr, eines dieser dickbauchigen Lastschiffe, die von den Nordleuten für ihre Handelsfahrten benutzt wurden, von Norwegen entlang der Orkney- und der Shetland-Inseln nach Island.

Auf dem Knarr reiste ein Mann namens Thangbrand. Er war ein deutscher Ordenspriester und gesandt im Namen Kaiser Ottos des Dritten, um als Missionar in Norwegen zu wirken. Und Thangbrand war ein fleißiger Bekehrer, der sich gegen die sturen, starrköpfigen und vor allem odinstreuen Odalbauern durchzusetzen vermochte. Kräftig von Statur und gewandt mit dem Mundwerk, verteilte er außer dem Segen auch manchmal schmerzhafte Hiebe.

Irgendwann vernahm der König der Norweger von diesem deutschen Priester, der durch sein Land zog und unablässig von der Liebe und Güte des Herrn Christus predigte. Also ließ er den Fremden nach Nidaras, der neuen Königsstadt des Landes, bringen.

Vor nicht allzu langer Zeit hatte der Herrscher seine neue Königstadt im Trondheimfjord, an den Ufern des Flusses Nid, errichten lassen. So konnte er das widerspenstige Volk der Tröndner besser kontrollieren. Und auch hier im Tröndelag, wo die störrische Bevölkerung weiterhin Odin, Freya und Thor opferte, sollte der Priester mit Erfolg wirken. Der König fand schnell Gefallen an dem widerborstigen Hünen, der sich nicht einmal von einem König den Mund verbieten ließ. „Nur der Herr Jesus Christus vermag es, mir Befehle zu erteilen", hatte Thangbrand in seiner Halsstarrigkeit gesprochen, und der König war tief beeindruckt.

Nun hatte Olaf Tryggvesson, der nicht nur der König der Norweger, sondern auch seit frühester Jugend ein überzeugter Christ war, den Priester in seine Dienste genommen. Und um den Glauben an den wahren Gott zu verkünden, schickte er den Gottesmann auf die Eisinsel, denn die norwegischen Könige erhoben Anspruch auf Island, weil die Vorfahren der isländischen Bevölkerung meist aus Norwegen kamen. Doch die Isländer weigerten sich die Könige anzuerkennen, und diese hatten es bisher nicht gewagt, ihren Anspruch auf die Insel mit Gewalt durchzusetzen.

Ohne zu zögern, dem Befehl des Herrschers folgend, hatte sich der Priester auf den beschwerlichen Weg gemacht, denn er war nicht weniger bekehrungswütig als der König der Norweger selbst. Mit dem Schwert und der Axt hatte dieser sein Volk gezwungen, von den alten Göttern des Nordens abzulassen und fortan zu dem Herrn Christus zu beten. Und da die Heeresmacht des jungen Königs groß war, und auch die Zölle, die die Norweger auf ihre Waren erhoben, als Druckmittel von dem König genutzt wurden, mussten die Jarle und Goden sich dem Willen des Tryggvesson nur allzu oft beugen.

So fuhr nun dieser Thangbrand als Missionar an der Südküste Islands entlang, immer nach Westen. In Reykjavik wurde er von den Bewohnern freundlich empfangen. Die meisten Isländer waren Asenanbeter, aber es gab auch schon einige christliche Bauern auf der Insel. Der Glaube an die alten Götter jedoch überwog. Da auf Island aber Glaubensfreiheit herrschte, war es den meisten Bewohnern egal, welchem Gott ihr Nachbar huldigte. Und auch die Goden duldeten die Andersgläubigen, so lange sie sich nur ruhig verhielten.

Thangbrand begann sofort mit seinem Handwerk und verkündete das Wort Gottes, wie es ihm der König befohlen hatte.

Und so gelang es ihm auch, einige wenige Wankelmütige, meist niederes Volk oder Sklaven, für den Glauben an den Herrn Christus zu gewinnen. Doch die Ohren des wichtigen Teiles der Bevölkerung, der Jarle und Großbauern, blieben für das Ansinnen des Priesters taub. Und langsam wurde die Stimmung gegenüber dem Missionar des Norwegerkönigs immer ablehnender. Wohl auch aus dem Grunde, da die Bekehrungsversuche des Thangbrand nun immer fordernder, aufdringlicher und dreister wurden. Der jähzornige Mann behandelte die Bewohner von Reykjavik an jedem Tag abfälliger, und er machte auch keinen Hehl mehr daraus, dass er die Asenanbeter zutiefst verachtete. Mancher christliche Bauer, der ihm noch wohl gesonnen war, warnte den stämmigen Priester vor den Goden, doch der Mann Gottes ließ sich in seinem Tun nicht beirren. Auf einem Thing trieb er seine Frechheit dann auf die Spitze. Er verlangte von den Jarlen den Bau einer Kirche und die Zerstörung der Heidentempel.

Da war die Empörung groß! Doch dessen nicht genug, verfluchte Thangbrand die Goden, lästerte Odin und Thor, schimpfte Freya eine Hure und drohte mit der Heeresmacht des Königs von Norwegen, wenn man seinen Wünschen nicht nachkommen würde.

Einige Tage nach der Versammlung ritten zwei Männer des Goden von Reykjavik zu der Hütte, die Thangbrand und sein Gefolge bewohnten. Sie sollten den Priester zur Abreise bewegen, denn hier auf Island wollte man ihn nicht mehr. Doch der Missionar weigerte sich standhaft, die Rauch- und Sturmbucht, in der die Siedlung Reykjavik lag, zu verlassen.

Da kam es zum offenen Streit zwischen den Männern. Man beschimpfte sich auf das heftigste, und die Isländer verlangten unter Androhung von Gewalt, dass der Priester die Insel endlich verlassen möge. „Niemand wird es wagen, mich von dieser Insel zu jagen", schrie Thangbrand in äußerster Erregung. Kurzerhand ergriff er eine Mistgabel, die an der Hauswand gelehnt hatte, und rammte sie seinem Gegenüber voller Zorn in die Brust. Sofort zog der zweite Isländer sein Schwert, doch in diesem Moment traf ihn auch schon der Stiel der Mistgabel an den Kopf, sodass er benommen zurücktaumelte. Schäumend vor Wut warf der Priester die Forke von sich und griff nach der Klinge des Toten, der vor seinen Füßen lag. Mit aller Kraft schlug er dem Isländer auf den Kopf, sodass auch dieser sterbend auf die Knie sank. Als seine Begleiter nun sahen, was der kämpferische Priester angerichtet hatte, verscharrten sie die Toten und rieten zum Aufbruch. Noch am selben Abend flüchtete der streitbare Gottesmann Thangbrand aus Reykjavik.

Wieder fuhr er die Küste entlang, diesmal zurück nach Osten, und ging im Reydarfjord an Land. Doch das Volk dort war zu seiner großen Freude bereits getauft, und so gab es für ihn keine Arbeit zu tun. Nach wenigen Tagen verließ der Priester den Fjord wieder und segelte nun die Ostküste hinauf nach Norden.
Nachdem das Knarr die Insel Grimsey passiert hatte, bog es in den großen Eyjarfjord ein, und bei der Siedlung Rafnsvik ging Thangbrand an Land.
Auch hier wurde er freundlich empfangen, denn die Kunde von dem Totschlag, den er in Reykjavik begangen hatte, war noch nicht bis in den Norden der Insel heraufgedrungen. Er bezog mit seinem Gefolge ein Langhaus, etwas außerhalb

der Siedlung, dass die Bewohner ihm als Behausung anboten.

Auch in Rafnsvik war schon ein Teil der Bevölkerung getauft, und diese war froh, einen Priester zu sehen. Meist waren es Kaufleute und ihre Sippen, die im Reich des deutschen Kaisers Handel trieben und so dem neuen Glauben begegnet waren. Viele hofften sogar darauf, dass der Mönch für immer bleiben möge, und sie halfen dem Gottesmann, so gut es ging. Und die Arbeit Thangbrands trug schnell Früchte. Er predigte, und das Volk kam, um sich taufen zu lassen. Sogar den Bau einer Kirche konnte der Priester auf einem Thing durchsetzen, und er begann noch in diesem Sommer mit der Arbeit.

Doch da riefen die Großbauern der Umgebung, die noch Odinsanhänger waren, zu einem geheimen Treffen. Auf diesem Thing wollten sie über das weitere Vorgehen gegen den aufdringlichen Priester beraten, und schnell war der Beschluss gefasst, diesen Thangbrand zu beseitigen. Ein Knecht, dem für die Meucheltat Landbesitz versprochen wurde, war sofort bereit, den Heuchler[18] zu töten.

Eines Abends kam ein Mann zu dem Haus geritten, das Thangbrand bewohnte. Er beschwor den Priester, ihm eiligst zu folgen, denn ein Bauer, so seine Rede, der am Rande der gelben Wüste leben sollte, liege im Sterben. Dieser Bauer aber habe von dem Reich des Herrn Jesus Christus gehört, von dem Paradies, wohin die toten Christen gehen und dort den ewigen Frieden finden. Nun wollte auch er vor seinem Tode den wahren Glauben annehmen und sich taufen lassen. Das Gefolge des Priesters warnte jedoch davor, dem Fremden zu folgen, denn der Knecht schien ihnen wenig glaubwürdig zu sein. Doch Thangbrand folgte dem Mann, denn zu groß war sein Bekehrungsdrang, und noch in

---

[18] Heuchler – Schimpfwort der Nordleute für die Christen

derselben Nacht brachen sie auf. Seine Diener aber ließ der Priester in dem Langhaus zurück.

Von den grünen Wiesen entlang der Küste drangen sie immer weiter in das graue, steinige Hinterland vor. Schon lange waren sie durch die felsige Einöde geritten, und die Geduld Thangbrands schien zu schwinden. Oft kam von ihm nun die Frage, wie weit es denn noch sei.

Als sie dann endlich den Rand der gelben Wüste erreicht hatten, zog der Knecht sein Schwert, um die Tat zu vollbringen. Doch dem äußerst streitbaren Thangbrand, rauflustig und im Streiten erfahren, war so leicht nicht beizukommen. Ein Kampf entbrannte, bei dem es ihm immer wieder gelang, den Angriffen auszuweichen, und er trug nur eine leichte Fleischwunde von den Hieben davon. Immer wieder schlug der Knecht nun nach dem Priester, und jedes Mal gelang es diesem, die Schläge mit seinem Bündel abzuwehren. Langsam ermüdete der Meuchelmörder, und als der Priester dessen Schwerthand zu fassen bekam, war es um ihn geschehen. Voller Jähzorn und mit der Kraft eines Bären würgten die großen Hände den Hals des Knechtes. Der Mann wurde erst blass, dann lief sein Gesicht blau an, und seine Augen quollen aus den Höhlen hervor.

Erst als Thangbrand vor Erschöpfung zu Boden sank, ließ er von dem Knecht ab. Doch da war schon lange kein Leben mehr in dessen Körper.

Als der jähzornige Kuttenträger am nächsten Tag das Langhaus erreichte, legte er sich krank auf sein Schlaflager und stand zwei volle Tage nicht mehr auf. Allen Fragen seines Gefolges wich er aus.

Nachdem die odinstreuen Bauern viele Tage später den toten Knecht gefunden hatten, riefen sie in Rafnsvik zu einem Thing. Öffentlich klagten sie den Missionar des Totschlags an. Aber die christlichen Bauern stellten sich schützend vor Thangbrand, und es gelang ihnen, das Volk von der Unschuld des Priesters zu überzeugen.

Nach einigen Wochen aber begab es sich, dass ein Kaufmann aus Reykjavik in den Eyjarfjord kam und den Missionar des norwegischen Königs erkannte. Sofort verbreitete sich im Norden der Insel die Nachricht von den Totschlägen, die der jähzornige Mann an der Südküste begangen hatte.

Diesmal waren die Bauern nicht mehr bereit, sich für den Priester einzusetzen. Einige fielen sogar vom christlichen Glauben wieder ab.

Die Wut der Isländer steigerte sich rasch, und Thangbrand musste damit rechnen, mit einem Stein um den Hals in den Fjord geworfen zu werden. So blieb dem äußerst streitbaren Gottesmann, wie schon zuvor in Reykjavik, nur die Flucht. Bei Nacht und Nebel ließ er sein Knarr beladen und verließ mit seinem Gefolge die Eisinsel.

Thangbrand, der Priester König Olafs, wurde nie wieder auf Island gesehen.

*

5. Die neue Welt

Im Spätsommer des Jahres 985 n. Chr. war Bjarni von einer langen Handelsfahrt nach Norwegen, an die Küste der Eisinsel zurückgekehrt. Stolz darüber, gute Geschäfte getätigt zu haben, begab er sich auf den Hof seines Vaters Herjulf. Doch dort musste er feststellen, dass seine Eltern die isländische Heimat verlassen hatten, denn sie waren dem Ruf Erik Thorvaldssons gefolgt, der den Beinamen „der Rote" trug. Dieser war einmal ein Nachbar gewesen und wegen eines Totschlags, den er einige Sommer zuvor begangen hatte, von einem Thinggericht für drei Jahre von Island verbannt worden.

Den Erzählungen eines gewissen Gunnbjörn folgend, der im Westen ein grünes Land gesichtet haben wollte, war Erik der Rote diese Route gesegelt. Und der jähzornige Wikinger hatte das Land des Gunnbjörn, das er fortan Grönland nannte, wirklich gefunden.

Die drei Jahre seiner Verbannung verbrachte er in dem neuen Land, erkundete es und erbaute seinen Hof, den er Brattahlid nannte. Doch als die drei Jahre vergangen waren, begab sich Erik noch einmal nach Island, um dort Menschen zur Auswanderung zu überreden. Und er fand auch genügend Leute, die bereit waren, ihm zu folgen. Denn Island war eine karge Insel, und die Hoffnung der Menschen auf fruchtbares Land war groß. So verließ er im Frühsommer des Jahres 985 mit fünfundzwanzig Schiffen erneut die Eisinsel. Doch nur vierzehn Schniggen und Knarren der Flotte gelang die gefährliche Überfahrt. Mit den Auswanderern in Grönland angekommen, gründete Erik Thorvaldsson die Ostsiedlung, die er ganz in der Nähe seines Hofes erbaute. Den Erzählungen und Versprechungen des Thorvaldsson erlegen, hatte sich auch der Bauer Herjulf zur Auswanderung entschlossen und war dem Ruf Eriks des Roten nach Grönland gefolgt.

Da blieb Bjarni, der junge Seefahrer, den Winter über auf dem verwaisten Hof seiner Eltern, um dann im Sommer des nächsten Jahres noch einmal auf eine Handelsfahrt zu gehen. Doch nach seiner Rückkehr im Spätsommer des Jahres 986 n. Chr. rüstete er sein Schiff, das er „Windross" nannte, um endlich seinen Gesippen nach Grönland zu folgen.
„Du musst nach Westen segeln", hatte man dem Bjarni Herjulfsson erzählt. „Segele westwärts, bis du ein Land findest, dessen grüne Wiesen hinunter an die Ufer reichen, dessen Hinterland aber gebirgig und vergletschert ist!" Und so suchte sich Bjarni eine Mannschaft und stach in See.

Grau und bedrohlich zeigte sich der Himmel über dem Nordmeer, und es sollte nicht mehr lange dauern, da würde der große Sturm ohne Erbarmen losbrechen. Die Männer wussten dies, waren sie doch erfahren genug, um die Zeichen des Himmels und auch die des Meeres deuten zu können. Doch was sollten sie tun? Sie waren weit nach Westen gesegelt, hinaus in die offene See, und nun gab es kein Zurück mehr. Zu schnell türmten sich die dunklen Wolken zu unheilschwangeren Riesen über ihnen auf und es fielen auch schon die ersten Tropfen auf die Planken des Schiffes. Mit geblähtem Segel schoss das dickbauchige und doch schnelle Knarr westwärts, und die Hoffnung der Männer war groß, auf eine Insel zu treffen.
Bjarni hatte die Ladung gut verzurren lassen, und auf dem Deck lagen Seile, mit denen sich die Männer an das Schiff binden konnten, um nicht von den salzigen Wellen über Bord gespült zu werden. Zwei Männer stemmten sich in das Seitenruder, um das Windross auf Kurs zu halten. Doch je

heftiger der Sturm wehte, umso machtloser waren die Steuermänner. Plötzlich brach das Unwetter mit all seiner Kraft über sie herein. Mit ihren riesigen Pranken warf Ran[19] die Meeresgöttin, das Knarr wie die Schale einer kleinen Nuss auf den Wellen hin und her. Doch das Windross war ein gutes Schiff, und es trotzte allen Versuchen der grausamen Göttin, es zwischen ihren nassen Fingern zu zerquetschen. Fast zwei volle Tage wütete Ran, und die Männer hatte schon die Angst überkommen, durch ihr Netz in das Totenmeer gezogen zu werden. Doch dann schließlich beruhigte sich die See, und es gelang dem Steuermann, endlich wieder Herr über das Windross zu werden. Die Männer dankten dem Meeresgott Ägir[20] mit einem Opfer dafür, dass er sein wütendes Weib Ran beruhigt hatte.

Lange hatte Bjarni am Vordersteven gestanden, und er starrte suchend hinaus auf die zerfurchte und aufgewühlte See. Dann trat der Schiffsführer auf den Heckstand und sah den Steuermann fragend an. „Was glaubst du, Njal? Wo sind wir?"

Der Steuermann zog die Schultern hoch. „Das weiß nur Ägir allein! Doch ich glaube, dass wir westlich an unserem Ziel vorbeigesegelt sind!"

Da schüttelte Bjarni entschieden den Kopf. „Oh, nein! Wenn, dann hat der kräftige Sturm uns östlich an Grönland vorbeigetrieben", mutmaßte der Schiffsführer. „So muss das Land, das wir suchen, also weiterhin im Westen liegen!"

---

[19] Ran – düstere Meeresgöttin. Sie zieht die Seefahrer mit dem Netz an sich und gebietet über die Seelen der Ertrunkenen, Weib des guten Ägir

[20] Ägir – der gute milde Meeresgott, dem für ruhige See gedankt wurde. Er war auch der Gott des Bierbrauens, der die anderen Götter zum Trunk einlud

Njal zog erneut die Schultern hoch. „Wenn du es sagst, Bjarni", brummte er beleidigt, denn er war in seiner Seefahrerehre gekränkt. So segelte das Windross weiter nach Westen.

Die Tage vergingen, ohne dass sie das gesuchte Land erreichten. Endlich hatte sich die See beruhigt, der Wind blies günstig aus Osten und trieb das Knarr schnell voran. Doch wie weit waren sie vom Kurs abgekommen? Bjarni Herjulfsson hatte die Hoffnung verlassen, das grüne Land des Erik Thorvaldsson, das er suchte, doch noch zu finden. Er wollte sein Schiff wenden, um zurück nach Osten zu segeln, dorthin, wo seine Heimat Island lag. Vielleicht würde er ja im nächsten Sommer noch einmal versuchen, seinen Eltern zu folgen. Da ertönte plötzlich der Ruf des Mannes, der auf der Rahe saß: „Land voraus!"
Schnell näherte sich nun das Knarr der Küste, und Bjarni und sein Stevenhauptmann Björn standen voller Erwartung an der Reling. Doch je näher sie dem Ufer kamen, umso größer wurden die Enttäuschung und die Gewissheit, dass dies nicht das gesuchte grüne Land des Erik Thorvaldsson sein konnte. Diese Küste entsprach nicht den Beschreibungen, die man Bjarni gegeben hatte. Das Land war weder gebirgig, noch sahen die Seefahrer die Gletscher, von denen man ihnen erzählt hatte. Stattdessen war dieses Land hügelig, und die dichten, grünen Wälder reichten bis hinunter an die Ufer der See. Sicherlich ein gutes und fruchtbares Land, wie alle Männer an Bord befanden. Doch eben nicht das Grönland des roten Eriks.
Einen vollen Tag segelten sie noch die Küste entlang nach Norden, um die Siedlung der Auswanderer zu finden. Aber alles, was sie sahen, waren riesige, dichte, dunkelgrüne Wälder! Bäume, soweit ihre Blicke reichten! Holz in rauen Mengen, das es einem Schiffsbauer das Herz höherschlagen

ließ. Hier konnte ein Mann sicher reich werden, doch dies war nicht ihr Ziel.

Ein wenig enttäuscht gab Bjarni den Befehl den Kurs zu ändern, und so segelten sie nun in nordöstlicher Richtung auf die offene See hinaus.

Und diesmal gelang es Ägir wohl, sein Weib Ran zu besänftigen, denn das Nordmeer blieb ruhig und den Seefahrern gewogen. Die Männer legten sich in die Riemen, so wie es Bjarni befahl, und nach weniger als sechs Tagen erschallte erneut der Ruf des Mannes auf der Rahe.

Schon von Weitem erkannten sie die mächtigen Gebirge und Gletscher, die sich weit in das Landesinnere erstreckten und hoch über die Insel erhoben. Und dann erblickten sie die grünen Wiesen, die zwischen den schroffen Felsen bis hinunter an die Küste reichten.

„Ja, das muss Grönland sein!", rief Bjarni erfreut aus und die Männer jubelten. Sie segelten die Küste entlang nach Osten, und schon bald fanden sie eine Bucht, die dem Herjulfsson geeignet als Heimstatt für Siedler erschien. Und tatsächlich entdeckten sie die Schiffe der Auswanderer auf dem Strand. Mit dem Signalhorn kündigte Bjarni die Ankunft des Windrosses an, und der dunkle Ton der ihnen wie ein Echo vom Land entgegen hallte, bewies den Seefahrern, dass sie entdeckt waren. Voller Freude liefen die Bewohner der Ostsiedlung an das Ufer der Bucht, um die Neuankömmlinge zu begrüßen, und als der Kiel des Windrosses dann knarrend in den Kies rutschte, brach großer Jubel los. Männer und Frauen kamen neugierig näher. Kinder jeden Alters sprangen vergnügt über den Strand, und unzählige helfende Hände zogen das Schiff an Land. Als Bjarni seinen Vater Herjulf erblickte, wusste er, dass er sein Ziel erreicht hatte. Ja, er war wirklich in Grönland angekommen!

Überschwänglich und in höchster Beglückung begrüßte und umarmte der junge Seefahrer seine Gesippen, die heiße Tränen vergossen, als sie erkannten, wer da angekommen war. Den Vater, die Mutter und auch alle Geschwister, die jünger waren als der zwanzig Sommer zählende Bjarni, konnte er gesund und bei guten Kräften in die Arme schließen.

„Sei mir willkommen auf der grünen Insel", sagte der groß gewachsene Mann, der bald nach der Ankunft neben Bjarni und seinen Vater Herjulf trat. Sein Haar war rot wie das Feuer, das die Schmiede entfachten, um darin das Eisen zu bearbeiten, und von der gleichen Farbe war auch sein langer, ungepflegt erscheinender Bart. Diese Röte gab dem Mann auch seinen Beinamen, denn es war Erik Thorvaldsson, den man „den Roten" nannte, und er war das uneingeschränkte Oberhaupt der Siedlung. Damals, als der Rote verbannt wurde, war Bjarni fast noch ein Knabe. Doch die Jahre, die vergangen waren, hatten auch ihn zum Mann gemacht. Der Sohn Herjulfs hatte den einstigen Nachbarn sofort erkannt und diesen mit aller Freundlichkeit begrüßt. Und auch dessen jungen Sohn Leif, der den Vater an den Strand begleitet hatte, begrüßte er mit einem kräftigen Handschlag, so wie es unter Männern üblich war. Dies ließ die Brust des Knaben, der gerade einmal elf Sommer und Winter zählte, vor Stolz anschwellen.
Der Thorvaldsson zählte sechsunddreißig Sommer und war somit etwas jünger als der Herjulf. Doch er wirkte durch seine vom Seewind gegerbte Haut weit älter als der Vater des Bjarni, der als Bauer nur selten zur See gefahren war.
„Komm heute Abend auf meinen Hof und berichte mir von deiner Überfahrt", lud Erik der Rote den Neuankömmling ein, und dieser nahm die Einladung dankend an.

Nachdem das Windross entladen war, hatte sich Bjarni auf den kleinen Hof seines Vaters begeben. Dieser lag nicht weit der Siedlung, etwas westlich der Bucht, in der sie gelandet waren, und schon hier musste er die Saga seiner Reise erzählen. Am Abend dann begaben sie sich auf den Hof des Erik Thorvaldsson. Dieser lag östlich der Siedlung an einem Steilhang, und neben dem Gehöft hatte sich der Besitzer auch eine Methalle erbaut. Begleitet von seinem Vater Herjulf, seinem Stevenhauptmann Björn und Njal, dem Steuermann des Windrosses, erblickten sie nach einem längeren Fußmarsch das Langhaus Eriks des Roten.

Der Häuptling und Thingsprecher der Grönländer bewirtete seine Gäste gut, und er, sowie alle seine Gesippen, lauschten aufmerksam den Erzählungen der Neuankömmlinge.

Um die große Feuerstelle in der Mitte der Gästehalle hatten sie es sich bequem gemacht, und Eriks Weib und deren zehn Sommer zählende Tochter Freydis füllten den Männern immer wieder die Becher mit Bier. Der älteste Sohn Eriks, mit Namen Thorvald, war um fünf Sommer jünger als Bjarni selbst. Dann waren da noch Leif, der Knabe vom Strand, und der jüngste Sohn Thorstein, der acht Sommer und Winter zählte.

Besonders die Berichte über das Land, das Bjarni im Westen gesichtet hatte, interessierten den Häuptling der Siedlung sehr. Doch die Erzählungen von Wäldern, die soweit reichten wie das Auge blicken konnte, mochte Erik der Rote nicht glauben. Kannte er doch die Übertreibungen der Entdecker nur zu gut aus eigener Erfahrung. Sein grünes Land, das er den Siedlern einst versprochen hatte, war auch weniger grün, als diese erwartet hatten. Einem Zuhörer jedoch sollte die Erzählung des Bjarni Herjulsson nicht mehr aus dem Kopf gehen.

*

85

Die Geschichte seiner Irrfahrt hatte den Seefahrer Bjarni noch viele Jahre verfolgt. Jeder wusste doch, dass im Westen die Welt ihr Ende fand und dass alle Seefahrer über die Weltenkante in das Reich der Göttin Hel stürzten. Nur wenige glaubten seinen Erzählungen, und viele schütteten ihren Hohn und Spott über dem Herjulfsson aus, was nur allzu oft in offenem Streit endete. Nie wieder war der Seefahrer Bjarni die Route nach Westen gesegelt. Seine Fahrten führten ihn fortan in die alte Heimat Island und nach Norwegen. Doch einen gab es, der weiterhin immer wieder darauf drängte, dass ihm Bjarni von dem waldreichen Land im Westen erzählte. Und der, je älter er wurde, fester an das Dasein dieses Landes glaubte. Es war Leif, der Sohn Eriks des Roten!

Im Frühjahr 999 n. Chr. waren seit der Entdeckung des Landes im Westen fast fünfzehn Winter vergangen. Leif Eriksson war ein erfahrener Seemann geworden und zählte in seinem Leben inzwischen vierundzwanzig Sommer und Winter. Oft hatte er auf dem Schiff des Bjarni das Nordmeer befahren und war mit diesem nach Osten gesegelt. Hin und wieder hatte der junge Mann sogar versucht, den väterlichen Freund zu einer Fahrt nach Westen zu überreden.

Doch Bjarni wollte davon nichts wissen!

Dann kam der Tag, da legte sich der Herjulfsson auf das Krankenlager, und er ließ den jungen Leif auf seinen Hof rufen.

„Du bist oft mit mir auf dem Windross gesegelt", sprach er, als der Grönländer vor ihn trat. „In diesem Sommer ist es mir nicht vergönnt, nach Norwegen zu fahren!"

Erik trat einen Schritt vor und betrachtete das verletzte Bein des Bjarni. Eine Unachtsamkeit beim Holzhacken hatte dem Mann eine tiefe Wunde beschert und ihn an das Schlaflager gefesselt.

„Das sieht recht übel aus und ist sicher auch sehr schmerzhaft", stellte der Eriksson mitleidig fest. Doch er konnte sich ein Grinsen über das Missgeschick des Bjarni nicht verkneifen.

„Ja, ja", brummte der ältere der beiden Männer, über sein eigenes Unvermögen verärgert. „Spotte du nur, Kerl! Doch sieh dich vor. Auch deine Axt ist scharf, und dein Fleisch ist weich!" Der kranke Seefahrer ertrug den Spott des jungen Burschen mit einem Lachen, denn er konnte und wollte Leif nicht gram sein. „Du besitzt mein volles Vertrauen, Leif", sprach Bjarni Herjulfsson fast feierlich mit ruhiger, versöhnlicher Stimme. „Und darum wünsche ich, dass du an meiner statt in diesem Jahr auf eine Handelsfahrt gehen wirst!"

Leif Eriksson sah den Schiffseigner des Windrosses äußerst verwundert an. Er war doch noch nicht einmal der Stevenhauptmann des Windrosses gewesen und trotzdem bot der Bjarni ihm das Kommando über sein Schiff an.

„Du wirst als Schiffsführer mit dem Windross nach Norwegen segeln und in Nidaras meine Waren verkaufen! Willst du das für mich tun?", fragte der Mann auf dem Krankenlager.

Ein freudiges Lächeln huschte über das Gesicht des jungen Seefahrers. „Ja, Bjarni! Das will ich wohl tun", gab Leif nickend sein Einverständnis, und er konnte seine Freude und den Stolz, der ihn in diesem Moment überkam, kaum verbergen. Der junge Grönländer war ein guter Navigator! Er segelte nach dem Bild der Sterne genauso sicher wie nach der Peilscheibe, und er war noch dazu ein hervorragender Steuermann. Es sprach also nichts dagegen, dass der junge Mann diese Reise befehligte und die Verantwortung über Schiff und Mannschaft trug. Auch Erik der Rote nickte wohlwollend, als er von dem Vorhaben seines Sohnes erfuhr.

So segelte das Windross im Frühsommer schwer beladen mit Fässern voll Öl und Tran, mit Fellen von Robben und Knochen vom Wal, aus der Bucht, in der die Ostsiedlung lag. Und Leif Eriksson führte das Kommando auf dem Schiff, das langsam hinaus in das offene Nordmeer fuhr.

*

Es war nicht das erste Mal, dass es Leif nach Norwegen verschlug, doch in Nidaras war er vorher noch nie gewesen. Erst vor wenigen Sommern hatte der christliche König von Norwegen, Olaf Tryggvesson, die Stadt als seine neue Königsstadt im großen Trondheimfjord, an den Ufern des Flusses Nid, erbauen lassen. Die alte Königsstadt Sotenäset, im Süden des Landes gelegen, musste der König verlassen. Die Widerspenstigkeit der Bewohner des Trøndelag, wie der Gau in Nordwest Norwegen genannt wurde, machte es notwendig, dass der König in der Nähe blieb. Schon einmal waren die Tröndner von ihm abgefallen. So ließ er sich hier im Norden seines Landes eine Burg und einen großen Hafen bauen. Und schnell fanden sich Siedler, die in der Nähe ihres Herrschers ihre Häuser errichteten. Bald schon war aus Nidaras eine blühende Handelsstadt geworden, und mit großem Staunen sah der Seefahrer Leif die Schönheit der neuen Stadt, als das Knarr in den Hafen von Nidaras einlief. „Ja, hier kann man sicher gute Geschäfte machen", sagte er zu seinem Steuermann, und dieser brachte das Windross langsam und mit großer Geschicklichkeit an einen der zahlreichen Anlegestege, die bis weit in die Bucht reichten. Doch kaum hatten sie ihr Schiff vertäut, da trat ein Krieger an das Knarr. „Sag deinen Namen", forderte er schroff, und Leif Eriksson, der an der Reling stand, war über soviel Unfreundlichkeit äußerst erstaunt. „Was willst du, Mann?", fragte nun der Seefahrer nicht weniger schroff. „Begrüßt ihr Norweger so die Gäste, die in eure Städte kommen?"

Leif machte einen mächtigen Satz über die Reling und kam direkt vor dem Wachmann zu stehen. „Mein Name ist Leif Eriksson, und ich komme aus Grönland!"

„Ich hoffe doch für dich, dass du ein Christ bist", sagte der Krieger der Stadtwache. „Der König duldet nämlich nur Christen in Nidaras!"

Leif Eriksson schüttelte energisch den Kopf. „Nein, ich glaube an Odin, den Einäugigen, und an seinen Sohn Thor, den Hammerschwinger! An die liebliche Freya und an den guten Baldr", sprach er nicht ohne Stolz. „Und das solltest du auch tun, statt einem Sklavengott zu huldigen!"

Er hatte zwar davon gehört, dass der König der Norweger ein glühender Verehrer des neuen Glaubens aus dem Süden sei, aber dass er so verblendet war und nur noch Christenmenschen in seiner Stadt duldete, war ihm nicht bekannt.

„Um des Friedens willen habe ich deine Frechheit überhört", sagte der Wächter. „Aber ich muss deine Ankunft melden!" Er trat einen Schritt an Leif heran. „Oder willst du Nidaras lieber wieder verlassen?"

Ein unverschämtes Grinsen huschte über sein Gesicht, und Leif war fast gewillt, sein Schwert zu ziehen. Doch er hielt seine Wut im Zaum, wollte er doch das Vertrauen des Bjarni Herjulfsson nicht enttäuschen.

„Wo denkst du hin, Kerl! Geh und melde deinem Herrn, was es zu melden gibt!"

Noch am selben Tage kam der Wachmann zurück an das Windross. Und mit ihm zehn seiner Krieger. Erstaunt beobachteten die grönländischen Seefahrer den Aufmarsch der Stadtwache.

„Leif Eriksson!", rief der Wachmann streng, und der Grönländer erschien an der Reling des Knarrs. „Was brüllst du hier so rum? Hast du nichts Besseres zu tun?", fragte Leif belustigt, und seine Männer grinsten von einem Ohr zum anderen.

„Komm! Der König will dich sehen", befahl der Wächter schroff, denn er war von der Sorte Mensch, die wohl wenig Humor besaß.

„Der König?", fragte nun Leif Eriksson erstaunt. „Ist es bei euch Sitte, dass der König die ankommenden Händler persönlich begrüßt?" Wieder lachten die Grönländer und schlugen sich auf die Schenkel. „Da hat er aber sicher viel zu tun, euer König!", rief der Steuermann voller Spott.

Nun wurde der Wachmann böse. „Kommst du nun, Mann? Oder muss ich dich mit Gewalt vor den Tryggvesson schleifen?"

Da gab Leif dem Stevenhauptmann namens Thure seine Befehle, denn er befürchtete nichts Gutes. Dann folgte er der Stadtwache in den Palast. Sie gingen durch das Hafenviertel in die Oberstadt, in der die reichen Kaufleute, die Geistlichen und andere Hofschranzen wohnten. Und plötzlich standen sie vor der Burg des Königs.

Es war eine riesige Burg, aus Stein und Holz gebaut, und mit einigen kleineren Gebäuden in dessen Nähe. Umgeben von einer Palisade, mit hohen Wehrtürmen darauf. Die Männer schritten durch eines der Tore in den königlichen Bezirk.

Vor der großen Pforte eines Langhauses, das sich in der Burg befand, musste Leif warten, und der Wächter verschwand darin. Nur zwei Männer der Stadtwache blieben bei dem Grönländer, die anderen verschwanden in einem der Nebenhäuser. Bald darauf erschien wieder der unfreundliche Wachmann und forderte Leif zum Eintreten auf. Dieser folgte dem Befehl, ließ sich in den Palast führen, und so betraten sie eine große Halle, an deren Längsseiten lange Tischreihen aufgebaut waren.

„Los, komm", raunte der Wächter, und die beiden Männer traten langsam vor. Am Ende der Halle stand der Hochstuhl des Herrschers über Norwegen. Es war ein hölzerner Thron, mit feinsten Schnitzereien geschmückt. Der Mann, der dieses schöne Möbel geschaffen hatte, musste ein wahrer Meister gewesen sein, dachte Leif.

In der Nähe des Hochstuhls standen einige Männer, die sich angeregt unterhielten, und erst, als sie die beiden Ankömmlinge sahen, unterbrachen sie ihr Gespräch. Einer der Männer löste sich aus der Gruppe und trat auf den Wächter und den Besucher zu.

„Leif Eriksson", sagte er mit freundlicher Stimme und nahm auf dem Hochstuhl Platz. Dies war also der Tryggvesson, dachte Leif. Dieser Mann, der gerade einmal dreißig Sommer und Winter zählte, sah nicht aus wie ein König. Zumindest nicht in der Vorstellung des Seefahrers Leif Eriksson. Er trug einen zwar sicher kostbaren, aber wenig auffälligen Kirtel[21], dessen Saum feine, silbrig schimmernde Stickereien schmückten.

„Es ist gut", sagte der König zu dem Wachmann, und dieser verbeugte sich kurz und ging. „Tritt näher, Leif", forderte der Tryggvesson seinen Gast auf. „Bist du der Sohn des Grönlandfahrers Erik Thorvaldsson?", fragte er frei heraus. Leif sah den König von Norwegen erstaunt an. Er kannte seinen Vater!

„Ja, der Mann, den man Erik den Roten nennt, ist mein Vater", nickte der Grönländer.

„Ich möchte, dass du für einige Zeit mein Gast bist, Leif", sagte König Olaf und lächelte dabei mit einem Ausdruck in seinem Gesicht, der dem Eriksson nicht recht geheuer

---

[21] Kirtel – knielange Jacke, meist aus Wollstoff

vorkam. Doch der Gast eines Königs zu sein war sehr verlockend, und so willigte Leif ein.

Zwei volle Monde lang war der junge Grönländer nun schon als Gast in dem Langhaus des Königs. Seine Geschäfte hatte er längst getätigt, und das Knarr war mit den gekauften Waren aus Norwegen beladen. Und Leif konnte sich immer noch keinen Reim darauf machen, was der norwegische König nun eigentlich von ihm wollte. Fast an jedem Abend war er in die große Halle geladen worden. Hatte mit dem Hofstaat des Königs in den langen Tischreihen gesessen und getafelt. Manchmal rief ihn der Herrscher sogar heran, und sie sprachen über Grönland, die Ostsiedlung und die Menschen, die in ihr lebten. Oft erzählte der König, wie groß das Heil war, das ihm der Herr Christus schon geschenkt hatte. Und um dem noch Gewicht zu verleihen, gab der König an einem Abend sogar die Saga seines eigenen Lebens zum Besten. Dies beeindruckte Leif Eriksson sehr, denn der Tryggvesson hatte schon viel erlebt, und er vergaß es auch nicht, immer wieder den Herrn Christus dafür zu loben, dass er ihn mit soviel Glück beschenkte.
Sollte das Heil dieses neuen Gottes wirklich so groß sein? Größer noch als das, das ihnen Odin verlieh? Diese Gedanken schwirrten schon seit einiger Zeit in Leifs Kopf herum, und er ahnte nicht, dass dies das Werk des Norwegerkönigs war.
Dann kam der Tag, an dem sich Leif Eriksson von König Olaf verabschieden wollte, doch dieser bat den Grönländer, noch eine Weile zu bleiben. Der Herrscher wies seinen Bischof an, eine große Messe für den Besucher zu halten, auf dass dieser dem Grönländer seinen Segen spenden und der Herr Christus seine schützenden Hände über ihn halten möge. Und so geschah es! An einem Sonntag, wie die

Christen den Tag nannten, an dem sie ihre Gottesdienste feierten, pilgerte der gesamte Hofstaat in die große Kirche von Nidaras. Und auch viel Volk hatte sich eingefunden. Tief beeindruckt von dem Gebäude und den Gesängen der Gläubigen, saß Leif der Grönländer in einer der vielen Reihen des Gotteshauses. Er lauschte interessiert und war sich der Ehre bewusst, als der Bischof seinen Namen nannte. Als die Messe dann beendet war, hatte der König sein Ziel erreicht. Er rief Leif Eriksson zu sich und fragte gerade heraus, ob dieser denn nun willens sei, sich taufen zu lassen und den heidnischen Göttern abzuschwören. Und Leif willigte ein!

Nur einige Tage später wurden der Grönländer Leif Eriksson und sein gesamtes Gefolge in der Kirche von Nidaras getauft, und der König selbst war sein Taufpate. Noch vor der Abreise nach Grönland nahm der Tryggvesson dem jungen Seefahrer das Versprechen ab, er möge den Glauben an den Herrn Christus auch in seiner Heimat verbreiten. Und damit dies wirklich geschah, gab er ihm einen christlichen Priester mit auf die Reise, der die Bewohner der Ostsiedlung taufen sollte.

*

Bis auf das Äußerste verärgert war Erik der Rote, als ihm sein Sohn einen christlichen Priester nach Grönland brachte. Und auch viele andere Bewohner der Ostsiedlung sahen dies mit großem Argwohn. Waren doch einige von ihnen gerade wegen des neuen Glaubens aus Island und Norwegen geflohen. Doch es dauerte nicht lang, und auch hier schlug der Glaube an den Gott der Christen Wurzeln. Wie schon so oft waren es zuerst die Frauen, die an den Worten und den Gesängen des Priesters Gefallen fanden. Also ließen sie sich taufen. Unter ihnen war auch das Weib des Erik

93

Thorvaldsson. Dieses Beispiel ließ wiederum andere Willige folgen, so auch die Söhne Eriks des Roten, Thorvald und Thorstein. Nur der Rote selbst und seine Tochter Freydis verweigerten standhaft, die Taufe der Christen anzunehmen. Doch nun, da mehr als die Hälfte seiner eigenen Sippe den christlichen Priestern ihr Gehör schenkte, musste der jähzornige Erik die Andersgläubigen gewähren lassen.

Endlich kam der Sommer, und Leif wollte nicht länger warten, sein lang geplantes Vorhaben in die Tat umzusetzen. Also machte er sich auf den Weg zum Hof des Bjarni Herjulfsson. Er trat in das Langhaus des Seefahrers ein und legte, ohne viele Worte zu machen, einen ledernen Beutel auf den Tisch vor den Hausherrn. Dieser griff danach, und das Klimpern verriet ihm den Inhalt. „Was soll das, Leif?", fragte Bjarni ein wenig verstört. „Was soll ich damit?"

„Ich möchte dein Schiff kaufen, alter Freund", sagte der Eriksson. „Dies soll die Anzahlung für das Windross sein!"

„Du willst das Windross kaufen? Wozu?", fragte Bjarni nun erstaunt, denn damit hatte er nicht gerechnet.

„Ich will beweisen, dass deine Saga der Wahrheit entspricht, und dass im Westen ein Land ist, das ein Männerherz höherschlagen lässt!"

Da schüttelte Bjarni energisch den Kopf. „Bist du irrsinnig geworden?" Doch Leif ließ sich nicht von seinem Vorhaben abbringen. „Glaubst du selbst nicht mehr, was du mit eigenen Augen gesehen hast? Oder war deine Geschichte wirklich nur erlogen, wie es alle behaupten?"

Nun schwieg der Bjarni.

Seit seinem Missgeschick mit der Axt war der Mann nicht mehr zur See gefahren, denn die Wunde wollte einfach nicht richtig verheilen. Und seit der Rückkehr Leifs aus Norwegen lag das Windross nutzlos auf den Schiffsrollen.

Er schwieg noch einige Zeit und dachte nach, doch dann plötzlich schlug er mit der Faust auf den Tisch. „Gib mir dein Geld! Du sollst das Windross haben!", rief er lachend.

Bis spät in die Nacht saßen die beiden Männer an dem Tisch, und Bjarni Herjulfsson erzählte noch einmal von seiner Reise und erklärte Leif dabei den Kurs, den er einschlagen müsste, um das Land zu finden, das ihm einst soviel Spott eingebracht hatte.

Sofort am nächsten Tag begann der Eriksson die Vorbereitungen für seine große Reise. Mit der Hilfe einiger erfahrener Männer wurde das Windross überholt, das immer noch auf dem Strand lag. Der Rumpf des Schiffes wurde von Muscheln und anderem Bewuchs befreit und mit heißem Pech abgedichtet. Die Löcher in dem großen rechteckigen Segel, von allerlei Getier in das Tuch gebissen, wurden von den Männern sorgsam geflickt. Die Rahe wurde ausgetauscht, denn sie war morsch geworden, und der schöne Drachenkopf, der den Vordersteven zierte, wurde nachgeschnitzt. In neuem Glanze stand das Windross nun auf den Schiffsrollen, seetüchtig und bereit, auf das Meer hinaus zu segeln.

Nun, da alle Arbeiten abgeschlossen waren, ließen sie das Knarr zu Wasser. Gut vertäut lag der Großsegler endlich an einem der Landungsstege, die in die Bucht vor der Ostsiedlung ragten. Dann kam der Tag, den Leif Eriksson für die Abreise gewählt hatte. Es war ein schöner Sommermorgen, der Wind wehte noch kühl vom Meer in die Bucht, und die Sonne zog langsam ihre Bahn über den blauen Himmel. Das Windross war mit allem beladen worden, was die Männer auf ihrer Seefahrt benötigten. Sogar der Priester war an den Strand gekommen und hatte das Schiff gesegnet. So würde ihnen der Herr Christus sein Heil schenken, auf dass die Reise erfolgreich würde. Davon war Leif überzeugt!

Fünfunddreißig Männer hatten sich dem Sohn Eriks des Roten angeschlossen und befanden sich nun an Bord des Knarrs, das seicht in den Fluten dümpelte. Darunter auch Thure, der Stevenhauptmann des Windrosses und Njal, der als Steuermann auf dem Knarr fuhr, sowie Tyrker, der aus dem Reich des deutschen Kaisers stammte und schon lange in Diensten des Erik Thorvaldsson stand. Der Deutsche war dem Leif sehr zugetan, denn er kannte ihn schon von Kindesbeinen und so war es ihm eine Freude, als Erik verlangte, dass er Leif begleiten sollte. Thure war gleichen Alters wie sein einstiger Schiffsführer Bjarni, mit dem er lange zur See gefahren war, und Njal, der Steuermann, war der Einzige der Besatzung, der vor vielen Sommern und Wintern die Küste des fremden Landes mit eigenen Augen gesehen hatte. Nun standen die Männer zu beiden Seiten längs der Reling, und in ihren Händen hielten sie aufrecht die Riemen, die sie, sobald das Schiff abgelegt hatte, in die Fluten tauchen würden.

Leif hatte sich von seinen Gesippen verabschiedet. Denn Erik Thorvaldsson der Herr über Grönland, und auch der Rest seiner Familie, hatten es sich natürlich nicht nehmen lassen, den Sohn und Bruder ausgiebig zu verabschieden. Fast noch inniger war der Abschied des Leif von Bjarni Herjulfsson, der auf eine Krücke gestützt an den Steg gehumpelt kam. Freundschaftlich umarmte er den Mann, der die Reise erst ermöglicht hatte. Dann ging Leif Eriksson als letzter Mann an Bord und gab den Befehl, das Knarr vom Steg abzustoßen. Die Riemen senkten sich in die dunklen Fluten, und die Männer nahmen auf ihren Seekisten Platz, die ihnen als Ruderbänke dienten. Unter großem Jubel der Bevölkerung der Ostsiedlung fuhr das Windross langsam in den Fjord hinaus.

Der Schiffsführer hatte sich dazu entschieden, die Route des Bjarni Herjulfsson von Norden nach Süden zu segeln, und der Segen des Priesters schien tatsächlich seine Wirkung nicht zu verfehlen. Als sie bei schönstem Sonnenschein in die offene See fuhren, segelte das Windross, von einer kräftigen Brise getrieben, mit Kurs Südwesten. Das Segel war aufgebläht, die Ruderer konnten die Riemen einholen, und das Schiff kam schnell voran. Dies sollte sich aber bald ändern!

Jedoch war es kein Sturm, der es ihnen schwer machte, voran zu kommen. Sondern es war eine Flaute! Nach dem dritten Tag auf See wehte plötzlich kein Lüftchen mehr. Das große Segel hing schlaff von der Rahe herab, und die Männer mussten sich wieder kräftig in die Riemen legen. Die gute und fröhliche Stimmung an Bord sank, und die Männer murrten, denn es war zu allem Überfluss auch noch recht warm. Der Schweiß ließ die Körper der Ruderer in der Sonne glänzen, und es war kaum mehr zu hören als hin und wieder ein Ächzen oder Stöhnen eines der entkräfteten Männer. Und natürlich das knarzende Geräusch der Riemen in ihren Führungslöchern, wenn sich das Holz darin drehte. Da plötzlich erklang die wohlklingende, tiefe Stimme des Steuermannes. Njal hatte ein altes Seefahrerlied angestimmt, das die Wikinger schon seit ewigen Zeiten sangen, wenn sie auf See waren. Es handelte von einem schönen Weib, das auf die Heimkehr ihres Mannes wartete, von heldenhaften Wikingertaten und von Ran und Ägir, den Meeresgöttern. Und obwohl sie nun Christen waren, störte dies keinen an Bord, denn alle stimmten in das Lied mit ein. Leif, der mit Thure auf dem Heckstand neben dem Steuermann stand, sah diesen erstaunt an, denn es war das erste Mal, dass er Njal singen hörte. Obwohl dies ja nicht die erste Fahrt war, die sie zusammen unternahmen. Er klopfte ihm auf die Schulter und schüttelte ein wenig ungläubig lächelnd den Kopf.

Schon in der nächsten Nacht kam wieder Wind auf, der das Knarr schneller vorantrieb, und je weiter sie nach Westen kamen, umso heftiger wurde er.

Es war der achte Tag auf See, und leichter Regen hatte eingesetzt, als die Stimme des Mannes erschallte, der als Ausguck auf der Rahe saß: „Land voraus!", rief er. „Leif Eriksson! Land voraus!"
Schnell segelte das Windross auf die fremde Küste zu, und die Männer standen voller Erwartung, neugierig dessen, was sie erwartete, an der Reling des Schiffes. Doch die Enttäuschung war groß, als sie sich den Gestaden des verheißungsvollen Landes näherten. Von nackten, grauen Felswänden gesäumte Fjorde sahen sie, und nur wenige Wälder und Wiesen erkannten die Männer. Sollte dies wirklich das Land sein, von dem Bjarni Herjulfsson berichtet hatte?
„Wenn ich nicht wüsste, dass es völlig ausgeschlossen ist, würde ich behaupten, dies da ist Norwegen", sagte Thure, der Stevenhauptmann, enttäuscht. Erschrocken sah Leif den Steuermann an. „Njal! Wo sind wir?"
Dieser zog nur die Schultern hoch. „Das ist jedenfalls nicht die Küste, die wir damals sichteten", sagte er wortkarg.
Der Schiffsführer hatte Befehl gegeben, das Segel einzuholen, und die Männer saßen nun wieder auf den Seekisten und hielten die Riemen in ihren Händen.
Mit kräftigen Ruderschlägen brachten sie das Knarr voran. Njal steuerte das Windross in eine Bucht, wo sie an einem geeigneten Platz das Land betraten.
Schnell war ein Lager errichtet. Die Männer gingen auf die Jagd, und einige begaben sich auf die Suche nach frischem Wasser. Schon bald darauf zog der Duft gebratenen Fleisches durch das Lager, und die Männer aßen sich satt, denn das Essen auf See war sehr dürftig. Einen Hirsch,

dessen Art Leif nicht kannte, hatten die Jäger erlegt, und einige unvorsichtige Hasen, die nun auf Spieße gesteckt über dem Feuer rösteten. An Nahrung schien es also hier nicht zu mangeln, dachte Leif, und nannte das Land wegen der vielen schroffen und kahlen Felsen „Steinland[22]".

Einige Tage blieben sie noch in Steinland, um sich von der anstrengenden Überfahrt auszuruhen, und eines Morgens stürmte einer der Männer in das Zelt des Leif Eriksson. „Komm schnell, Leif! Komm!", rief er aufgeregt. Der Sohn des Roten Erik erhob sich verschlafen und folgte dem Mann ins Freie. „Was soll denn dieser Tumult, Thorger?", brummte er ein wenig böse. Doch als er vor das Zelt trat, staunte er nicht schlecht.

„Da sieh", sagte Thorger und wies in den Fjord hinaus. Nicht weit vom Strand entfernt erkannte Leif mehrere kleine Boote, und in jedem schien ein Mann zu sitzen. Langsam näherten sie sich dem Kiesstrand. Es waren schlanke, spitz zulaufende Fellboote, die nur Platz für einen Ruderer boten, und Leif zählte sieben davon. Nun ging der Anführer der Nordmänner den Strand hinunter und mit ihm Thure, der Stevenhauptmann. Doch die Boote der Eingeborenen blieben auf sicherem Abstand, und nur einer, der dem Strand am nächsten war, hob zum Gruß den Arm. Da erwiderte Leif Eriksson den Gruß, doch nun drehten die Boote ab, und die Eingeborenen ruderten in den Fjord hinaus. Leif sah Thure erstaunt an und wandte sich um. Die gesamte Besatzung des Windrosses hatte sich hinter den beiden Männern versammelt, und einige hielten gar ihre Schwerter in Händen. Ärgerlich sah Leif die Männer an, doch er schwieg. Die Eingeborenen kehrten nicht zurück, so wie es Leif Eriksson gehofft hatte, und da sie ihre Vorräte aufgefüllt hatten, brachen sie ihr Lager ab und ruderten aus dem Fjord hinaus in die offene See.

---

[22] Steinland (Helluland) war wahrscheinlich die Baffininsel

Von einem kräftigen Nordwind wurden sie schnell nach Süden getrieben. Kaum noch mussten sie in die Riemen greifen, außer wenn der Schiffsführer befahl, das Knarr in die eine oder andere Bucht zu steuern. Und je weiter sie nach Süden kamen, umso mehr veränderte sich die Landschaft. Die schroffen Felsen und Klippen waren verschwunden, und dafür erblickten sie riesige Wälder. Ein grünes Blätterdach erstreckte sich, soweit das Auge blicken konnte, von der Küste bis tief in das Landesinnere. Bjarni Herjulfsson hatte also doch nicht übertrieben, und das Herz des Leif Eriksson hätte diesem vor Freude aus der Brust springen mögen.

Diesem Land gab Leif den Namen „Waldland[23]", und nach zwei weiteren Tagen, die sie die Küste entlang segelten, entdeckten sie die Mündung eines Flusses.

Es war ein schöner Sommertag, und die Sonne schien am blauen, wolkenlosen Himmel, als das Windross langsam dem Strom folgend in das Landesinnere fuhr. Zu beiden Seiten des Flusses wechselten sich dichte Wälder mit dem fetten, dunkelgrünen Gras der Wiesen ab, die bis an das Ufer hinunter reichten. Und an einer Stelle, die dem Eriksson als besonders geeignet erschien, steuerten sie das Schiff an das Land heran. Sie vertäuten das Windross an zwei großen Bäumen und legten eine Planke über die Reling.

„Ja, dies muss das Land sein, von dem Bjarni sprach", sagte Leif zufrieden, als er auf der großen Wiese stand und ihm das dichte, saftige Gras bis zu den Knien reichte. Umgeben von hohen Ahorn- und Birkenwäldern, war dies der geeignete Ort, um ein Wik zu errichten. „Hier werden wir unser Lager erbauen, und von hier aus werden wir das Land

---

[23] Waldland (Markland) war wahrscheinlich die Küste Labradors

erkunden!" Er schlug Thure auf die Schulter. „Lasst uns das Windross entladen!"

Bald darauf schallte das laute Klopfen der Äxte durch den Wald, wenn ihre scharfen Klingen sich Hieb für Hieb in das Holz der Bäume fraßen. Einen Stamm nach dem anderen schleppten die Männer auf die große Wiese am Ufer des Flusses. Und so, wie sie es aus ihrer Heimat gewohnt waren, bauten sie mehrere Langhäuser, in denen alle Nordmänner reichlich Platz fanden.

Auch gab es hier Wild in Hülle und Fülle. Böcke und Federvieh, Hirsche und Hasen! Sogar einen Bären hatten sie schon erlegt. Im Fluss wimmelte es nur so vor fetten Lachsen. Und an einem Tag, war plötzlich Tyrker verschwunden und es dauerte eine ganze Weile, bis sie den Mann aus dem Saxland schlafend an einen Baum gelehnt auffanden. Verdöst öffnete er seine Augen und sprach etwas in seiner Muttersprache, doch die Männer verstanden ihn nicht. Da sprach er in nordisch: „Weit bin ich nicht gegangen, und dennoch habe ich eine Entdeckung gemacht. Ich fand Weinreben! Wilde, wohlschmeckende Weintrauben! In meiner Heimat gibt es viele Weinstöcke."

Ganz in der Nähe des Lagers, lag Leif faul unter einem der großen Bäume, denn es war sehr warm an diesem Tag. „Ich glaube, ich nenne dieses Land Weinland", sinnierte er, ohne dabei Thure anzusehen, der neben ihm lag und döste. „Es ist hier wie in dem Paradies, von dem die Pfaffen immer erzählen", sagte der Steuermann mit geschlossenen Augen. „Ja, das ist es! Ich werde es sogar „das gute Weinland[24]" nennen! Was hältst du davon, Thure?"

„Das klingt nicht schlecht", stimmte der Steuermann zu. Da plötzlich hallte der Name des Anführers der Nordmänner

---

[24] das gute Weinland (Vinland hit goda) war wahrscheinlich Neufundland

über die große Wiese. „Leif! Leif!", rief einer der Männer und kam aus dem Wald gelaufen. Es war ein junger Bursche, sein Name war Kjelt, und er zählte gerade einmal sechzehn Sommer. Er war das jüngste Mitglied der Besatzung und ein Gesippe des Bjarni. Der Gerufene schreckte auf, und auch Thure erhob sich.

„Was soll denn das Gebrüll?", fuhr der Stevenhauptmann den jungen Kerl erbost an.

„Ich habe einen Waldgeist gesehen", stammelte Kjelt außer Atem. „Beruhige dich, Junge", sprach Leif. „Was hast du gesehen?", fragte nun Thure, denn er traute seinen Ohren nicht.

„Einen Waldgeist! Ich habe einen Waldgeist gesehen!" Die beiden Anführer sahen sich erstaunt und auch ein wenig belustigt an. Doch sie wollten Kjelt nicht beleidigen, also ließen sie ihn sprechen. „Er sah aus wie ein Mann. Doch er war klein, viel kleiner als wir", berichtete der junge Bursche. „Seine Haut hatte die Farbe der Erde, und sein Gesicht war rot!"

„Bist du nun wirr im Kopf geworden, Kjelt?", fragte Thure kopfschüttelnd, doch Leif hielt den Steuermann am Arm.

„Lass ihn erst einmal reden", befahl er, und Thure schwieg. „Er war fast nackt und hatte langes, schwarzes Haar, in dem bunte Federn steckten! Du musst mir glauben, Leif! Es war ein Waldgeist, den ich sah", sprach Kjelt fast flehend. „Ein Elf oder gar ein Troll! Was weiß ich?"

„Es ist gut, Mann! Ich glaube dir ja", sagte Leif beruhigend, und der junge Kerl begab sich in das Wik, um seine Entdeckung den anderen Männern kund zu tun.

„Glaubst du etwa diesen Unsinn?", fragte Thure den Anführer fast entsetzt, und Leif nickte. „Ich habe mich schon lange gefragt, wo sich die Einwohner dieses schönen Landes versteckt halten."

„Du meinst…?"

„Natürlich war dieser Waldgeist ein Einheimischer! Erinnere dich an die Männer in Steinland", sagte Leif, und Thure begriff. „Warum zeigen sie sich dann nicht?", fragte der Steuermann. „Das scheinen mir ja schöne Skraelinge[25] zu sein!" Doch von nun an sahen die Nordmänner den Wald mit anderen Augen. Sie bewegten sich vorsichtiger, als sie es bisher getan hatten. Und keiner tat mehr einen Schritt, ohne sein Schwert oder die Axt mit sich zu führen.

Noch bevor der Winter Einzug hielt, hatten die Männer einen hohen Palisadenzaun um ihr Lager errichtet. Dieser sollte sie vor Übergriffen der Einheimischen schützen. Doch keiner der Männer erblickte noch einmal einen dieser Waldgeister. Die Einheimischen blieben verschwunden.

So verging die Zeit in der Siedlung in Weinland, und bald färbten sich die Blätter der Bäume und es wurde Herbst. Nun regnete es häufig, und der Wind blies kräftig. Doch viel später als in ihrer Heimat fiel hier der erste Schnee, und auch in der kalten Jahreszeit bot dieses Land genug Nahrung, um den Winter unbeschadet zu überstehen. Und da die Vorratskammern gut gefüllt waren, brauchten die Nordmänner sich um ihr Wohlergehen keine Sorgen zu machen.

Dann kam endlich die Zeit der Schneeschmelze, und einige Männer der Besatzung begannen den Eriksson zu drängen, endlich den Befehl zur Abreise zu geben. Schließlich wollten sie ihre Weiber wieder sehen, und es gab ja auch noch die Höfe, die die meisten von ihnen zu bewirtschaften hatten. „Du hast gefunden, wonach du suchtest, Leif! Nun lass uns heimwärts segeln, um die Neuigkeiten kund zu tun", sagten sie, und bald darauf gab der Eriksson ihrem Drängen nach. Jedoch fiel dem Grönländer der Abschied von Vinland nicht leicht. Schwer beladen mit den Gütern dieses neu entdeckten Landes, stachen sie bei

---

[25] Skraelinge – Schimpfwort der Nordleute für die Ureinwohner

Frühlingsanfang in See. Tief lag das Windross im Wasser, als sie den Fluss hinab zur Mündung ruderten. Holz hatten sie geladen und die Felle der Tiere, die sie erlegt hatten. Dazu kam noch der Wein. Unmengen von Wein, den sie in die Heimat bringen wollten, um zu beweisen, was Bjarni Herjulfsson einst behauptete.

Sie waren entlang der Küste des neu entdeckten Landes nach Norden gesegelt, und anfangs war das Wetter noch recht gut. Regen und Sonnenschein wechselten sich ab, und es blies ein kräftiger Wind. Doch dann gab Leif den Befehl, den Kurs nach Nordosten einzuschlagen, und sie segelten auf das offene Meer hinaus. Drei Tage brauchten sie, bis sie nach der Berechnung des Schiffsführers Leif und der Erfahrung des Njal die Gewässer vor Grönland erreichten. Und nun gerieten sie in einen Sturm, der das Windross und seine Besatzung heftig beutelte. Mehr als drei Männer hoch tobten die Wellen über das Meer und ließen das Knarr auf ihrem Rücken wild tanzen. Aber der alte Segler war ein gutes und stabiles Schiff und brachte die Männer sicher durch den Sturm. Eine ganze Nacht kämpften die Seeleute gegen das Meer, und sie siegten. Am nächsten Morgen, es war bereits hell geworden, lagen die meisten der Seefahrer noch in ihre Decken gehüllt gegen die Reling gelehnt und schliefen. Nur Njal, der alte Steuermann, hielt unbeirrt das Seitenruder in seinen starken Händen. Thure stand neben ihm auf dem Heckstand und sah auf das Meer hinaus. Plötzlich kniff er die Augen zusammen und schirmte seinen Blick gegen das Licht mit der Hand ab. „Sieh dort, Njal", sagte er und zeigte auf die See hinaus. Nicht allzu weit von dem Windross entfernt dümpelte ein Boot in den Wellen. Es war ein Knarr, und die Männer erkannten sofort, dass es sich in größter Not befand. Dieses Schiff hatte den Sturm der vergangenen Nacht nicht so gut überstanden wie das Windross. Sein Mast war gebrochen, und es war dazu noch Leck geschlagen. Auf dem Knarr erkannten die Männer auch die Besatzung, die wild winkend auf sich aufmerksam machte. Fünfzehn Menschen nahmen sie an Bord, bevor das Schiff endgültig in den dunklen Fluten versank. Es waren Auswanderer, von Island kommend, auf dem Wege zur Siedlung des roten Erik. Leif lobte den Herrn Christus dafür, dass er ihm soviel Heil gab, und die Geretteten gaben dem Eriksson den Beinamen „inn heppni", der Glückliche.

Bald darauf erreichte das Windross den Fjord, in dem die Ostsiedlung lag. Das Signalhorn von den Klippen kündigte das Eintreffen des Schiffes an, und die Bewohner eilten an den Strand.
Groß war die Freude bei der Begrüßung, und viele Hände klopften die Schultern der Heimkehrer. Und man staunte nicht schlecht, als der Eriksson die Waren des Landes präsentierte, das sie entdeckt hatten. Doch einen freute die Rückkehr des Leif Eriksson am meisten. Es war der alte Bjarni, der auf seine Krücke gestützt an den Strand gekommen war und den jungen Schiffsführer umarmte, als wäre dieser sein eigener Sohn. Nun endlich war der Beweis erbracht, dass es dieses Land im Westen gab, und niemand würde mehr über Bjarni Herjulfsson seinen Spott ausschütten.
Wenige Jahre später war es Thorvald, der ältere Bruder Leifs, der sein Schiff ausrüstete, um nach Vinland zu segeln. Ihn lockte der Reichtum des Landes, hatte er doch gesehen, wie voll beladen das Schiff seines Bruders heimgekehrt war. So machte er sich auf die Überfahrt und erreichte unversehrt die Küste des Landes, dem sein Bruder den Namen Vinland hit goda gegeben hatte. Sie fanden sogar die Bucht, in der Leif gelandet war, und das Lager, das er erbaut hatte. Zwei

Winter lebten sie unbehelligt in dem Wik, dass sie zu einem Dorf ausbauten, bis ihnen eines morgens zum ersten Mal Menschen begegneten. Es waren drei kleine Fellboote, die an den Strand gerudert kamen. Neun Männer von kleiner Gestalt, mit gebräunter Haut und schwarzem Haar, saßen darin. Sie waren nur mir Messern und Lanzen bewaffnet, als sie auf den Strand traten.

Thorvald aber war jähzornig und gewaltbereit wie sein Vater Erik der Rote. Doch besaß er leider nicht dessen Verstand, und so ließ er die Fremden angreifen. Mit ihren Schwertern und Äxten erschlugen die Nordleute acht von den Eingeborenen, und nur einem gelang die Flucht. Dieser erschien jedoch wenig später erneut in der Bucht und mit ihm eine riesige Flotte von Fellbooten. Ohne zu zögern griffen die Braunhäutigen, deren Gesichter nun mit roter Farbe bemalt waren, die fremden Eindringlinge an. Ein Pfeilhagel ging nun auf die Grönländer nieder, und nach einem heftigen Kampf, der vielen Angreifern den Tod brachte, zogen sich die Nordmänner in ihre Langhäuser zurück. Sie hatten die Übermacht der Eingeborenen zurückgeschlagen, denn diese verschwanden nun in ihren Fellbooten hinaus in die Bucht. Thorvald Eriksson jedoch war von Pfeilen getroffen und starb noch am selben Tage. Nachdem der älteste Sohn Eriks des Roten in Vinland sein Grab gefunden hatte, entschieden die anderen Nordmänner, nach Grönland zurückzukehren. Doch wieder war das Schiff voll beladen, als sie die heimatliche Küste erreichten, und es sollte nicht die letzte Expedition der Nordmänner nach Vinland gewesen sein.

*

6. ALFRED DER GROßE

Dreiundzwanzig Jahre zählte der Angelsachse Alfred, als er im Herbst des Jahres 871 n. Chr. vor dem Siechlager seines älteren Bruders Ethelred dem Ersten stand. Gemeinsam hatten sie eine Schlacht geschlagen. Den ersten Kampf gegen das große Heer der in Wessex einfallenden Wikinger. Doch nun lag der König sterbend da, und Alfred wusste, dass geschehen würde, wovor er sich sein Leben lang gefürchtet hatte. Er, der sich ein Dasein hinter dicken Klostermauern erwählt hatte, Alfred war bereits Novize, sollte nun nach dem Wunsch der Berater den Thron von Wessex besteigen. Und so sehr er sich auch dagegen sträubte, wusste er doch in seinem Innersten, dass dies sein Schicksal war.

*

Es war an einem Morgen in den letzten Tagen des Augusts, da brachen die Schiffe der Wikinger durch den tiefhängenden Frühnebel, der dicht über dem Wasser vor den Ufern von Wessex lag. Furchterregende Drachenköpfe an den Vorderstreven der schlanken Schniggen neigten sich im Rhythmus der Wellen und näherten sich schnell dem Strand. Die meisten Bewohner des Dorfes, das nicht weit des Ufers stand, lagen noch in tiefem Schlaf, als die Kiele der Segler knarzend in den Kies des Strandes rutschten. Schon seit einigen Jahren verheerten diese Wikinger die Insel der Angelsachsen.
Die Reiche der Könige von Northumbria, Mercia und Ostanglien hatten sie bereits unter ihre Herrschaft gebracht. Die Könige und ihr Gefolge waren im Kampf gefallen oder geflohen. Und da die Wikinger meist dänischer Herkunft

107

waren, nannten sie die eroberten Gebiete das Danelag. Die angelsächsische Bevölkerung der Kleinkönigreiche war vertrieben, getötet oder versklavt worden. und an ihre Stelle waren dänische, schwedische und auch norwegische Siedler getreten. Diese übernahmen die Höfe, die Dörfer und Städte der Angelsachsen. So zog das Heer der Nordmänner raubend, plündernd und mordend von einer britannischen Küste zur nächsten, und kaum ein König war in der Lage, ihnen mit Waffengewalt entgegenzutreten.

Nun sollte das Königreich Wessex, unter dem Herrscher Ethelred dem Ersten, der Landgier der Wikinger zum Opfer fallen, denn sie suchten unaufhörlich, ihren Reichtum zu mehren und fette Beute zu machen. Viele Seekönige und Jarle befehligten das große Heer, und ein jeder von ihnen wollte seinen Anteil an der Beute.

Ein Teil der Krieger aus dem Norden fiel sofort in das schlafende Dorf ein und begann sein blutiges Werk. Nur wenigen Menschen gelang die Flucht in den Schutz der dichten Wälder, die sich nicht weit des Dorfes bis in das Landesinnere zogen. Die anderen Wikinger hievten ihre Schiffe auf das Ufer, sodass sie sich wie die Perlen an einer Kette weit über den Strand erstreckten. Dann errichteten sie ein großes Lager, in dem unzählige Feuer brannten und ein Zelt neben dem anderen stand. Nur wenige Krieger bezogen, aus Angst vor den vielen Flöhen und Läusen, die Hütten des Dorfes. Sie zogen es vor, in ihren Zelten zu schlafen. Das größte Zelt bewohnte der oberste Kriegsherr der Wikinger. Ein dänischer Seekönig, dem die Männer die Gefolgschaft geschworen hatten, und so lange er erfolgreich war, musste er um seine Führerschaft auch nicht bangen.

Schnell wurde die Kunde der Ankunft des Wikingerheeres an den Hof König Ethelreds getragen, und es dauerte nicht lange, bis die ersten Unterhändler der Nordmänner vor den

König traten und ein Lösegeld verlangten. Ethelred erbat sich eine Bedenkzeit, die der Bote ihm gewährte. „Aber überlege nicht zu lang, König von Wessex", drohte der Krieger, der sicher ein Jarl war. „Es könnte dir und deinen Untertanen schlecht bekommen!" Frech grinsend zogen sich der Mann und seine Begleiter zurück.

Sofort rief der König die Berater zusammen, um die ernste Lage zu besprechen. Einige Gefolgsmänner des Ethelred drängten darauf, die Summe zu zahlen, obwohl sie hoch war und die Schatztruhen des Königs bis auf den Grund geleert hätte. Andere wollten den Eindringlingen mit Waffengewalt entgegentreten. „Wenn wir ihnen die Summe zahlen, so werden sie im nächsten Jahr erneut über uns herfallen", sagte ein Mann Namens Alfey, der ein Graf war. Viele stimmten ihm zu. „Unser Heer ist nicht groß genug, um gegen diese heidnischen Teufel zu kämpfen", entgegnete ein anderer. Da sah der König seinen Bruder Alfred an, den er hatte rufen lassen. Ethelred bezog seinen jüngeren Bruder immer in wichtige Entscheidungen ein, denn er selbst war von kränkelnder Natur und wenig stark. Außerdem war Alfred sehr belesen, da er im Kloster Zugang zu vielen Schriften hatte, und man sagte ihm eine gewisse Schläue nach. „Was sagst du, Alfred?", fragte Ethelred den Bruder. Der junge Mann mit dem fast kahl geschorenen Kopf hob sein Haupt. „Fragst du mich als Gottesmann oder als Bruder des Königs?"

„Gibt es denn da einen Unterschied?", fragte Ethelred erstaunt.

„Oh, in der Tat gibt es den! Als Gottesmann muss ich dir sagen: Gib ihnen das Geld!"

Die Umstehenden, die diese Lösung vorzogen, nickten zustimmend und sahen mit Freude, dass der Königsbruder ihrer Meinung war. Die anderen Männer sahen böse drein.

„Als Bruder des Königs sage ich aber, Alfey hat recht!

Im nächsten Jahr werden die Räuber sicher wiederkommen und so halte ich es für besser, den Eindringlingen mit dem Schwert in der Hand entgegenzutreten!"

„Aber unser Heer ist zu schwach", erwiderte der König.

„Die Heiden werden uns überrennen!"

Die Anwesenden pflichteten ihrem Lehnsherrn bei, denn waren auch einige für den Kampf, so wollten sie doch ihre Krieger nicht sinnlos opfern. Da schwieg Alfred einen langen Moment.

„Wenn der Feind so stark ist, hilft uns vielleicht eine List", sagte er plötzlich, und die Männer horchten auf.

„Zwei Heere werden wir auf das Schlachtfeld führen, die die Wikinger zur gleichen Zeit angreifen! So werden sie nicht wissen, gegen welchen Feind sie sich wenden sollen!"

Da nickte der König zustimmend. „Ja, so soll es geschehen, und eines der Heere werde ich anführen. Das andere führst du, mein Bruder!"

„Ich?", erschrak Alfred. „Oh nein! Ich bin ein Mann Gottes!"

Da erzürnte Ethelred und erhob sich von seinem kostbaren Hochstuhl. „Du wirst das Heer führen", befahl er streng. „In dieser misslichen Lage bist du kein Novize mehr, sondern der Bruder des Königs von Wessex! Es ist deine Pflicht, für das Volk zu kämpfen!"

Doch Alfred zeigte sich störrisch und zog sich beleidigt zurück. Erst als ihm der Bischof von Wessex in sein Gewissen redete, willigte er zögerlich in den Plan ein.

Dem Boten des Wikingerkönigs sagte Ethelred aber, dass sich die Eindringlinge in Frieden zurückziehen sollten, sonst werde man den Heiden mit Waffengewalt entgegentreten, um sie mit der Macht des Herrn Jesus Christus in das Meer zu jagen.

*

Ein großer einzelner Dornbaum stand auf dem Hügel, auf dem sich das Heer der Wikinger gesammelt hatte, und hier sollten die feindlichen Armeen aufeinandertreffen. Von Westen her führte eine Straße zu dem Ort Ashdown, nicht weit der Anhöhe. Auf dieser Straße marschierte das Heer der Angelsachsen, geführt von dem Königsbruder Alfred, und von Norden sollte Ethelred mit seinem Heer auf das Schlachtfeld stoßen. Langsam sammelte sich die Streitmacht Alfreds auf der großen Wiese zu Füßen des Hügels und begab sich in Verteidigungsstellung. Doch von dem Heer des Ethelred war weit und breit keine Spur. Als nun der Wikingerkönig sah, wie gering das Heer der Angelsachsen war, begann er lauthals zu lachen und gab den Befehl zum Angriff. Mit erhobenem Schwert stürmte er seinen Kriegern mutig voraus. Und nicht einmal der Pfeilhagel, der nun auf sie niederging, vermochte die wilden Krieger aus dem Norden zu bremsen.

Wild schlugen die Wikinger eine Bresche in die Reihen der Angelsachsen, doch noch hielten die Verteidiger den Angriffen stand. Die Klingen der Schwerter und Äxte hinterließen klaffende Wunden in dem Fleisch der Kämpfenden. Speerspitzen drangen tief in die Körper ein, und Knochen barsten. Dann erschallte ein Hornsignal, und die Nordmänner zogen sich mit ihren verwundeten Kriegern zurück auf den Hügel. Auch das Heer des Alfred begann sich zu sammeln und versorgte seine Verwundeten. Viele Leichen jedoch blieben auf dem Schlachtfeld zurück und bald schon labten sich die Raben daran. Es dauerte aber nicht lange, da erschallte der Name Odins erneut aus hunderten von Kehlen, und die Wikinger stürmten von dem Hügel herab. Wieder und wieder griffen die Krieger aus dem Norden erbarmungslos und ohne Rücksicht auf das eigene Leben die am Fuße der Anhöhe wartenden

Angelsachsen an. Und zur Mittagsstunde war das Heer des
Alfred bedrohlich zusammengeschrumpft. Doch endlich, als
die angelsächsischen Krieger und auch ihr Anführer schon
die Hoffnung aufgegeben hatten, marschierte das Heer des
Ethelred auf das Schlachtfeld. Mit neuem Mut kämpften die
Männer, und als der Wikingerkönig von vielen Spießen
getroffen zu Boden sank, zogen sich die Angreifer zurück.
Die Nordmänner hatten ihren König und fünf Jarle verloren
und mussten sich zum ersten Male auf britannischem Boden
in einer Schlacht geschlagen geben.
Doch auch um König Ethelred stand es schlecht. Ein Speer
hatte ihn schwer verwundet, und da er von Natur aus nicht
sehr kräftig war und sein Körper oft kränkelte, gaben ihn die
Heiler schnell verloren. Alfred trat an das Siechlager des
Sterbenden, und dieser nahm ihm das Versprechen ab, als
sein Nachfolger das Königreich Wessex zu regieren. In der
folgenden Nacht rief man den Königsbruder erneut an das
Lager des Ethelred. Dort hatten sich einige enge Berater und
der Bischof im Kerzenschein versammelt. Alfred trat an das
Bett, kniete nieder und begann zu beten. Ethelred, der König
von Wessex, war tot!
Nun war also der Tag gekommen, an dem Alfred die
Nachfolge seines Bruders antreten und das Land regieren
musste. Die Linie des Blutes verlangte es, dass er seinem
Bruder auf den Thron folgte, denn Ethelred hatte keine
Kinder gezeugt. Oft aber saß der junge Mann mit dem roten
Haar, der nun König sein musste, in einer kleinen Kammer
des Klosters und las in den alten Schriften und Büchern.

*

Die Wikinger hatten sich an der Küste von Wessex
festgesetzt, hatten ein großes Wik erbaut und schienen das
Land nicht mehr verlassen zu wollen, denn dies wäre einer

Niederlage gleichgekommen. Von hier aus unternahmen sie nun ihre Raubzüge in das Landesinnere, und manchmal schickten sie Boten an den Hof von König Alfred, und diese übermittelten die Forderung nach Lösegeld. Dies schien immer dann zu geschehen, wenn die Nordmänner auf einem Thing einen neuen Anführer wählten. Hatte einen Befehlshaber allem Anschein nach sein Glück verlassen, war ihm sein von den Göttern gespendetes Heil verloren gegangen, so lief er Gefahr, abgesetzt oder von einem anderen Jarl oder Schiffsführer gewaltsam gestürzt zu werden. Da König Alfred die Zahlung der geforderten Summe immer wieder ausschlug, kam es daraufhin zu Kämpfen, die meist aber ohne Sieger blieben.

Kein Wikingerkönig oder Jarl vermochte es, den jungen Angelsachsen von seinem Thron zu stürzen.

Und so geschah es auch im Spätsommer des Jahres 874 n. Chr., als die Wikinger wieder einmal einen neuen Heerführer bestimmt hatten. Es war ein Däne namens Guthrum, und er war nicht viel älter als der König von Wessex selbst. Auch unter Guthrum wurden neue Forderungen gestellt, und es brachen Kämpfe aus. Doch wieder gelang es Alfred, die Angreifer zurückzuschlagen, und wütend begannen die Verlierer der Schlacht, das Umland zu plündern und zu verheeren. Die Menschen in den Dörfern und auf den Höfen litten sehr unter den Angriffen der Wikinger und klagten daraufhin dem König ihr Leid. Alfred versprach, alles in seiner Macht Stehende zu tun, um die Heiden für diese Taten zu bestrafen. Er sammelte die letzten Kräfte seiner Armee und drängte die wilden Horden zurück an die Küste. Doch nun war seine Heeresmacht so klein, dass er, einem weiteren Angriff nicht mehr hätte standhalten können. Wäre Guthrum nun erneut mit Waffengewalt vor König Alfred getreten, denn die Übermacht der Nordmänner war immer noch groß, so wäre es um seine Herrschaft geschehen gewesen. Das Glück aber war auf der Seite des Angelsachsen, und Guthrum, der Wikingerkönig, zog sich mit seinen Kriegern in das große Lager zurück. Die Wikinger leckten ihre Wunden und warteten ab. Schließlich kam der Winter, und es kehrte Ruhe ein in Wessex, denn in der kalten Jahreszeit wurde selten gekämpft.

Einige Jahre vergingen, und die Schlachten zwischen den Angelsachsen des Alfred und den Wikingern des Guthrum ließen nach. König Alfred hatte sich die Tochter eines seiner Ealdorman, die er schon seit Kindesbeinen kannte, zum Weib genommen, und diese schenkte ihm auch bald einen Sohn. Endlich einmal verbrachte der König eine glückliche Zeit.

Es kam nur noch selten zu offenen Auseinandersetzungen mit den Kriegern Guthrums, denn das Königreich Wessex war nun geteilt. Das Landesinnere beherrschte Alfred, die Grenzregion war in Händen der Wikinger, und diese beschränkten ihr Handeln nun auf Raubzüge, die sie in die angrenzenden, angelsächsischen Gebiete unternahmen. Eines Tages, es war im Frühjahr des Jahres 978 n. Chr., da kam erneut ein Bote des Wikingerkönigs an den Hof Alfreds. Ein Treffen zwischen den beiden Herrschern sollte stattfinden. Auge in Auge wollte Guthrum dem Angelsachsen gegenüberstehen, wenn er seine Forderungen aussprach, denn es ging um nichts Geringeres als seine Königsherrschaft. Die Jarle und Schiffsführer murrten, waren sie doch gekommen, das Land zu erobern und nicht, um es zu verheeren. Sie wollten die Grenzen des Danelags erweitern und ein nordisches Großreich schaffen. Die wenigen Raubzüge reichten ihnen nicht mehr aus. Immer öfter wurden Stimmen laut, dass Guthrum sein Heil verlassen habe, und es sicher besser sei, einen neuen

Oberbefehlshaber zu wählen. Es stand also schlecht um die Herrschaft des Guthrum, und er war zum Handeln gezwungen. Der Däne wusste, dass nur die vollständige Eroberung von Wessex oder eine große Menge an Geld, das er den Jarlen und Seekönigen vor die Füße werfen würde, seine Herrschaft retten konnte.

Mit nur kleinem Gefolge trafen die Könige in der Nähe von Edington zusammen. Auf einem freien Feld hatte man ein großes Zelt errichtet, in dem die Herrscher sich nun auf ihren Hochstühlen gegenübersaßen. Einige wenige Berater und Marschälle, Jarle und Häuptlinge hatten sich hinter ihren Königen versammelt.

„Mein Heer ist bei weitem größer und mutiger als das deine, Angelsachse", sprach Guthrum drohend. „Es wäre für uns ein Leichtes, deine Armee zu überrennen, König von Wessex!"

„So, warum habt ihr das nicht längst getan, Wikinger?", fragte Alfred wenig beeindruckt. „Ich sage dir, warum! Weil ihr es nicht könnt!"

Da lachte der Wikingerkönig schallend auf. „In jedem Sommer kommen neue Schiffsbesatzungen aus dem Danelag und schließen sich meinem Heer an. Was glaubst du wohl, wie lange du der Übermacht noch standhalten kannst?"

Dieser, mit großer Überheblichkeit gesprochene Satz des Guthrum, öffnete dem Angelsachsenkönig die Augen. Nun begriff Alfred, wenn er noch länger zögerte, würde das Heer der Wikinger nur größer und größer werden. Darum hatte es keinen großen Angriff der Nordmänner mehr gegeben. Sie sammelten ihre Kräfte zu einem letzten großen Schlag, und Alfred würde seine Herrschaft endgültig verlieren.

„Jedoch eine Kuh, die man melken will, sollte man nicht schlachten…", frech grinsend sah Guthrum den

Angelsachsen an. „Zahle mir achttausend Pfund Silber und es soll zwei Sommer Frieden herrschen!"

Da begehrten die Berater König Alfreds auf, denn dies war eine unverschämte Forderung. Doch Alfred rief sie zur Ordnung. Guthrum aber schien die Gedanken seines Gegenübers zu lesen. „Wenn du glaubst, in dieser Zeit in aller Ruhe ein großes Heer sammeln zu können, so hast du dich geschnitten, Christ!" Mit durchdringendem Blick sah der blonde Däne den König von Wessex an. „Du wirst mir natürlich eine Geisel stellen, die ich noch bestimmen werde", stellte Guthrum seine Forderungen, als wäre er der Herr und Alfred sein Lehnsmann.

„Und wer sagt mir, dass du dich an unsere Abmachung hältst, Heide?", erwiderte Alfred unfreundlich.

„Auch ich werde dir eine Geisel stellen! Sieh her, das hier ist mein Bruder!" Guthrum lachte schallend auf und zeigte auf einen Mann, der hinter dem Hochstuhl stand und kindisch kicherte. Er stand da, in vollem Rüstzeug, doch unter seinem Arm hielt er ein Holzpferd, und seine Augen verrieten, dass der Mann in der Tat den Verstand eines Kindes hatte.

König Alfred erbat sich eine Bedenkzeit, und Guthrum gewährte ihm diese. Die Könige trennten sich und zogen sich in ihre Lager zurück.

Wenige Tage später trafen die Herrscher erneut zusammen, und der Wikingerfürst fragte, ob Alfred nun gewillt sei, seiner Forderung und seinen Bedingungen nachzukommen.

„Ich will des Friedens wegen und weil mich meine Berater dazu drängten, auf deine Forderungen eingehen", gab Alfred zur Antwort. „Statt der geforderten achttausend Pfund Silber kann ich dir aber nur sechstausend zahlen!"

Der Wikinger überlegte kurz. Fuhr sich mit der Hand durch seinen blonden Bart und grinste dann teuflisch. „Gut! So soll es sein!"

„Und nun nenne ich dir die Geisel, die ich erwählt habe!"
Guthrum lehnte sich genüsslich in seinem Hochstuhl zurück.
„Ich erwähle mir dein Weib, Alfred! Schicke mir deine
Königin als Geisel, und es soll für zwei Sommer Frieden
herrschen!"

Nun begehrten die Angelsachsen auf. Und Alfred erhob sich
wütend von seinem mit feinsten Schnitzereien verzierten
Stuhl. „Bist du von Sinnen, Nordmann?", schrie er zornig.
„Dies ist eine unverschämte Forderung, und du wirst sie mit
deinem Blute bezahlen!"

Nun hatten die Berater alle Hände voll zu tun, um einen
Kampf zwischen den beiden Königen zu verhindern.

„Hier an dieser Stelle sollst du für deine Beleidigungen
bezahlen, Heide!", rief Alfred und riss die Plane des Zeltes
beiseite. Er zeigte auf die große Wiese, die sich von einem
dichten Wald bis hin zu einem Sumpfgebiet erstreckte.

„Hier werde ich mit meinem Heer aufmarschieren, und
wenn du den Mut besitzt, wirst du dich zum Kampf stellen,
Gelbbart!"

„Du bist verrückt, Angelsachse", verspottete Guthrum den
König von Wessex mit ruhiger Stimme. „Genauso verrückt
wie mein Bruder hier", er zeigte auf den jungen Mann, der
mit einer Kinderrassel spielte. „Wenn dies aber dein
Wunsch ist, so soll es geschehen!"

Die Verhandlungen waren beendet, und die Könige zogen
sich auf ihre Burgen zurück.

*

Morgendlicher Dunst lag über der großen Wiese und dem
Sumpf nicht weit von Edington. Es war Sommer geworden,
doch versteckte sich die Sonne in diesen Tagen hinter
dichten grauen Wolken, die regenschwanger über den
Himmel zogen. Hin und wieder tröpfelte es leicht, und der

Boden, auf dem das Heer des Alfred von Wessex lagerte, war schon sehr aufgeweicht. Doch dies kam der Strategie entgegen, die Alfred für den Kampf gewählt hatte.
Der König hatte sich nach dem Zusammentreffen mit dem Wikinger Guthrum in ein Kloster zurückgezogen.
Hier wälzte er alte Bücher und Chroniken, bis er endlich fand, wonach er suchte. Es war ein Buch, in dem über die Kriegskunst der Römer berichtet wurde, und Alfred erwählte für seine Armee eine alte Verteidigungstaktik, die sich im Kampf gegen die Nordmänner bewähren sollte.

Es war zur Mittagsstunde als das Heer der Angelsachsen das Lager verließ und zu dem Platz marschierte, den Alfred für den Kampf bestimmt hatte. Nun war sogar die düstere Wolkendecke aufgerissen, und einige Sonnenstrahlen schienen vom Himmel herab, erwärmten das Land und ließen die Feuchtigkeit als neblige Schwaden zum Himmel entschwinden. Noch war von dem Feind nichts zu sehen, doch das sollte sich bald ändern!
In der Ferne hörte man sie singen, und der Klang von dunklen, kehligen Männerstimmen schreckte die Angelsachsen auf, denn der Feind war im Anmarsch. Bald schon sahen sie die ersten Wikingerkrieger, die eine kleine Anhöhe herab marschierten. Angeführt von ihrem König, dem Dänen Guthrum. Ihre Rundschilde vor den Körper haltend, die scharfen Äxte, Schwerter und Speere in Händen, schritten die Krieger aus dem Norden singend auf das Heer der Angelsachsen zu. Alfred rief nun seine Befehle, und die britannischen Kämpfer formierten sich in der alten, von den Römern erdachten Verteidigungsstellung. Bis auf eine Pfeilschusslänge näherten sich die Nordmänner, dann hielten sie inne. Der Gesang der Wikinger verstummte, und es herrschte für einen kurzen Moment Grabesstille.

Guthrum hob sein Schwert gen Himmel und rief den Namen des nordischen Göttervaters.

„Odin!", hallte es aus den Reihen seiner Krieger tausendfach zurück. Da fuhr so manchem Angelsachsen der Schreck durch die Glieder, und einigen jungen Kriegern, die noch keine Schlacht geschlagen hatten, lief die Pisse an den Beinen herab. Mit furchterregendem Kriegsgebrüll stürzten sich die Wikinger nun den flachen Hang hinab, dem Feind entgegen, und mit größter Gewalt prallten sie gegen eine Wand aus Körpern und Schilden.

Mit Lanzen und Schwertern stachen die Verteidiger nun nach den Nordmännern, die wild mit ihren Äxten auf die Schildburg einschlugen. Einige allzu wagemutige Wikinger waren die ersten, die durch die Pforte von Walhalla traten, um an der Tafel Odins Platz zu nehmen.

Immer wieder riefen Alfred und seine Hauptmänner den Befehl, die Krieger mögen die Stellung halten und nicht vor dem Feind zurückweichen. Jeder Angelsachse, der es übermütig wagte, den Schutz der Schildburg zu verlassen und sich den Nordmännern zum Kampf stellte, wurde sofort von den Angreifern erschlagen. Eine Weile kämpften die Wikinger gegen den Verteidigungswall aus Leibern an, bis ein Hornsignal erschallte und sie sich von der Schildburg des Alfred zurückzogen. Doch es dauerte nicht lang, da hatte sich der Feind aus dem Norden gesammelt und blies erneut zum Angriff. Noch aber hielt der Abwehrring der Angelsachsen den wütenden Angriffen stand. Für einen gefallenen britannischen Krieger rückte ein Mann aus der zweiten Reihe nach, um die Lücke zu schließen, und so wurde nach jedem Vorstoß, den die Wikinger führten, das Heer des Königs von Wessex kleiner und kleiner.

Die Schildburg schmolz dahin wie Butter an einem heißen Sommertag, und obwohl auch das Heer der Angreifer unter großen Verlusten litt, schien die zahlenmäßige Übermacht des Feindes zu groß, als dass die Angelsachsen noch lange hätten Widerstand leisten können.

Es waren die jungen Krieger, bei denen der Kampfesmut schwand. Aber auch die altgedienten Kämpfer im Heer des Königs von Wessex hatten längst erkannt, dass ihnen nur noch ein göttliches Wunder den Hals retten konnte. Alfred, der König, der blutbefleckt inmitten der Reihen seiner Armee stand, kämpfte um seine Herrschaft und spornte die Männer an, standhaft zu bleiben. Nach einem weiteren heftigen Angriff der Krieger des Guthrum zogen sich die Wikinger endlich zurück. Bald würde die Dunkelheit ihnen eine Kampfpause gönnen, das wusste Alfred, doch was würde am nächsten Morgen geschehen? Sollten sie sich in der Nacht wie Diebe vom Schlachtfeld stehlen? Dann wäre seine Herrschaft verloren, und sein Volk würde als Sklaven der Nordmänner leben müssen oder gar getötet werden. Nein! Dies konnte nicht das Schicksal sein, das Gott der Herr für den König von Wessex erwählt hatte.

Gedankenverloren saß Alfred auf einem großen Stein und sah in die geschundenen Gesichter der Männer, die ihn umgaben.

„Oh, Herr! Verzeih mir", sprach da eine helle Stimme und riss den König aus seinen Gedanken. Ein junger Bursche mit rotem Haar und dicken Sommersprossen in seinem Gesicht, sicher nicht älter als sechzehn Jahre, stand vor ihm. „Mein Name ist Kain Barrow, und ich kenne diese Gegend gut. Ich bin hier aufgewachsen, und als Kind spielte ich in diesem Sumpf!" Er zeigte mit dem Finger in die Dunkelheit, und Alfred hegte keinen Zweifel daran, dass in dieser Richtung wirklich der Sumpf lag. „Es gibt inmitten des Moores eine Stelle festen Bodens. Groß genug, um darauf eine kleine Armee in Stellung zu bringen!"

Der junge Bursche begann zu grinsen, und Alfred verstand. „Sage mir, Kain Barrow: Würdest du den Weg dorthin finden? Auch in der Dunkelheit?"

„König Alfred, ich kenne diesen Sumpf genauso gut wie die Kammer in der Mühle meines Vaters, die ich bewohnte", sprach er stolz. Da legte Alfred dem Burchen die Hand auf die Schulter. „Du bist ein schlauer Fuchs, Soldat! Sollten wir dies hier überleben, werde ich es dir vergelten!"

Im Schutz der Dunkelheit marschierte das gesamte Heer von Wessex, geführt von dem rothaarigen Müllerburschen, in den unzugänglichen Sumpf und bezog auf dem festen Grund erneut Stellung. Als am nächsten Morgen einer der Wikingerkrieger vor seinen König trat und berichtete, dass die Angelsachsen verschwunden seien, staunte dieser nicht schlecht. Guthrum war sich auch nicht sicher: Sollte er über die Feigheit des Alfred lachen oder über den entgangenen Sieg zornig sein. Zur Mittagszeit aber trat einer der Nordmänner vor seinen Oberbefehlshaber und berichtete, dass er auf der Jagd nach Moorhühnern die Angelsachsen inmitten des Sumpfgebietes entdeckt hatte. Sofort rief Guthrum seine Krieger zu den Waffen und marschierte geradewegs in den Sumpf. Doch der weiche, völlig durchnässte Boden machte es den Wikingern nicht einfach, zu der Schildburg der Angelsachsen vorzudringen, und so mancher alte Haudegen in den Reihen der Nordmänner ahnte bereits, was geschehen würde.

Es war, als zeigte sich der Gott der Christen den Angelsachsen nun gnädig, und zum Verdruss der Angreifer aus dem Norden öffneten sich die Schleusen des Himmels, und es begann wieder heftig zu regnen. Nun stieg das Wasser den Wikingern bis zu den Knien, und sie blieben mit ihren Schuhen in dem weichen Morast stecken. Für die Nordmänner war es ein schweres Vorankommen, doch Guthrum trieb seine Krieger an. Den Jarlen, die nun zu maulen begannen, warf er ihre Geldgier vor und dass sie der wahre Grund für diese Schlacht seien. Er selbst hätte sich schließlich mit der Grenzregion von Wessex begnügt. So schwiegen die Schiffsführer und kämpften.

Nun hatte sich die Situation für das Heer von Wessex erheblich gebessert. Den ersten Angriff führten die Wikinger des Guthrum noch voller Kampfeslust und Mordgier, als sie den festen Boden und somit die Schildburg der Verteidiger erreichten. Doch bald zeigte sich, dass die Angreifer schnell müde wurden. Sie hatten schließlich einen anstrengenden Marsch durch den Sumpf hinter sich gebracht, und dieser wiederholte sich jedes Mal, wenn sie sich nach einem Angriff zurückzogen, um das Heer erneut zu sammeln. Sie waren geschwächt, und schnell schwand ihnen nun die Lust zu kämpfen, da sie auch mit ansahen, wie einige ihrer Mitstreiter einen ehrlosen Tod fanden, als diese für immer im Moor versanken.

So fiel der nächste Angriff der Wikinger, zum größten Ärger ihres Königs, auch recht zögerlich aus. Jetzt aber öffnete sich die Schildburg der Verteidiger, denn Alfred hatte die Lage erkannt, und die Angelsachsen fielen ohne Gnade über die Angreifer her und erschlugen viele von ihnen.

Die Kampfmoral der Nordmänner war gänzlich gebrochen. Ihre Übermacht war dahin geschmolzen, und sie zogen sich aus dem Sumpf zurück auf die große Wiese, wo die Schlacht ihren Anfang genommen hatte. König Alfred von Wessex aber setzte den Flüchtenden mit seinem Heer nach, und als die Wikinger endlich den festen Boden erreicht hatten, mussten sie erkennen, dass sich dort ein Bauernheer gesammelt hatte. Mit Sensen und Mistgabeln bewaffnet war das Volk herbeigeströmt, um die Eindringlinge endlich von ihrem Land zu vertreiben. Als Guthrum dies sah, gab er den Befehl zum Rückzug, und das Heer der Wikinger begab sich in das große Wik im Grenzgebiet von Wessex.

Groß war der Jubel bei der Bevölkerung, und der König wusste, was zu tun war. Erneut sammelte er sein Heer und füllte die Reihen seiner Krieger mit den mutigsten Männern aus dem Bauernheer auf. So zog er bald darauf an die Grenze seines Landes, dorthin, wo die Nordmänner herrschten, und begann, das Wik des Guthrum zu belagern. Dann endlich, zwei Wochen nach der Schlacht von Edington, gab sich Guthrum geschlagen. Er fiel vor Alfred auf die Knie und erklärte, das Königreich Wessex sofort verlassen zu wollen. Doch bevor er sein Heer zurück nach Ostanglien führte, nahm er die Taufe an und trug fortan den Namen Ethelstan.

In den folgenden Jahren setzte Alfred alles daran, die Gebiete des Danelags für die Angelsachsen zurück zu gewinnen. Im Jahre 885 n. Chr. gelang es ihm, die Nordmänner aus der Gegend um London zu vertreiben, und er erhielt von seinem Volk den Beinamen „der Große". Die Flotte, die er nun aufbaute, um die Küste vor den Angriffen der Wikinger zu schützen, gilt heute noch als der Grundstein für die Royal Navy.

*

7. Die Schlacht im Hjörungafjord

Die Mönche schrieben das Jahr 986 n. Chr., als sich im großen Dänenreich, in dem Harald Blauzahn regierte, sein illegitimer Sohn Sven gegen den Vater erhob und ein heftiger Bürgerkrieg um die Herrschaft im Dänenland entbrannte. König Harald hatte bereits über fünfzig Sommer und Winter erlebt, und als er vor vielen Jahren das Erbe seines Vaters Gorm antrat, waren die Gaue Dänemarks zu einem großen Reich vereint. Da aber Harald den Glauben der Christen angenommen hatte und viele Missionare in das Land holte, begehrte sein Sohn Sven auf, und einzelne Gaue erhoben sich gegen den König. Er war, wie noch viele im Volk der Dänen, ein glühender und überzeugter Anhänger des Gottes Odin und aller Götter, die von Asgard aus die Geschicke der Menschen leiteten. Nun wollte er sich sein Erbe erkämpfen. So kam es zum offenen Streit zwischen dem Vater und dem Sohn, den der König mit einer Magd gezeugt hatte. Da sammelte Sven seine Krieger gegen den König und stellte eine große Flotte auf. Es war bereits Herbst geworden, als es vor der Insel Bornholm zur Entscheidungsschlacht um die dänische Herrschaft kam, aus der der Sohn als Sieger hervorging. Harald Blauzahn aber wurde bei den Kämpfen von einem Pfeil schwer verletzt und von dem einstigen Ziehvater des Knaben Sven, einem Jarl namens Palnatoki, verschleppt.

*

Im Land der Pommern und Slawen, im Gau Jom, dass die Dänen von den Polen erobert hatten, lag nicht weit der

125

Odermündung eine große Burg. Vor vielen Jahren von dänischen Wikingern erbaut, um die eroberten pommerschen Gebiete zu bewachen, überragte die Festung das flache Küstenland. Groß und wehrhaft war die Burg und der mit Mauern umfasste Hafen bot Platz für dreihundert Schiffe. Hier lebten und herrschten die Jomswikinger. Ein Bund von Männern, einem Ritterorden gleich, dessen Krieger nach festen Regeln lebten, denen sie sich bedingungslos unterwerfen mussten. Kein Jomswikinger war jünger als achtzehn und älter als fünfzig Jahre, und jeder musste den Eid ablegen, niemals Furcht zu zeigen oder gar im Kampf zu fliehen. Wer es mit Weibern treiben wollte, musste dies außerhalb der Festung tun, denn Frauen waren auf der Jomsburg nicht gern gesehen. Doch durfte kein Wikinger länger als drei Tage der Burg fernbleiben. Auch hatte ein jeder den Eid geschworen, seine im Kampf gefallenen Kameraden zu rächen. Und dies blieb meist auch so, wenn die Männer den Bund der Jomswikinger längst verlassen hatten, denn sie fühlten sich ein Leben lang an diesen Eid gebunden.

Die Festung und vor allem der Ruf ihrer Bewohner waren so furchterregend, dass kaum ein Kriegsherr einen Angriff auf die Jomsburg wagte. Und im Schatten der Burg war schnell eine Stadt erwachsen, die von den Polen Jumne genannt und die wohl des Schutzes der Wikinger wegen zu einem großen und beliebten Handelsplatz wurde.

Dänen und Schweden, Polen und alle Stämme aus dem Reich des deutschen Kaisers, Slawen und Kaufleute aus dem Kiewer Reich, sogar die Griechen und Araber kamen, um in Jumne Handel zu treiben. Der Tribut, den sie dafür an den Jomsburgjarl zahlen mussten, störte sie wenig, denn in Jumne waren sie vor Überfällen sicher. Durch diesen Tribut und die Raubfahrten, die die Jomswikinger unternahmen, waren die Schatzkammern der Burg gut gefüllt, und obwohl

der Dänenkönig die Wikinger im Polenreich als seine
Untertanen sah, waren diese doch längst von jedem
Königreich unabhängig geworden. So herrschte der
Jomsburgjarl Palnatoki von Fünen wie ein Fürst über den
pommerschen Gau.

Es war Herbst, und der Wind peitschte die Wellen der
Ostsee, als die Schiffe die enge Fahrrinne zwischen den
Inseln Wollin und Usedom erreichten. Sie durchfuhren das
große Oderhaff und sahen bald darauf die Türme und
Mauern ihrer Festung. Hierher brachte der Jarl den schwer
verwundeten König Harald Blauzahn. Doch nur wenige
Tage später erlag der frühere Herrscher der Dänen auf der
Jomsburg seinen schweren Verletzungen. Jarl Palnatoki
erwies seinem König die letzte Ehre und ließ sogar einen
christlichen Priester herbeischaffen, um Harald nach dessen
Glauben, so wie er es gewünscht hatte, beerdigen zu lassen.
Der herrschende Jarl und alle Jomswikinger waren aber
glühende Asenanbeter, und Odin war ihr oberster
Kriegsherr, zu dem sie beteten und dem sie ihre blutigen
Opfer darbrachten. Niemals hätten sie sich mit Weihwasser
benetzen und wie einen toten Hund in der kalten Erde
verscharren lassen. Nein, sie wollten mit dem Schwert in der
Hand im Kampf sterben. Wollten den Flammen übergeben
und von den Walküren, den schönen Töchtern Odins nach
Walhalla geführt werden, um an der Tafel des Göttervaters
den Trunk des Vergessens zu trinken. So würde alle Last,
die die Krieger in Midgard mit sich herumgetragen hatten,
von ihnen abfallen.

Als nun aber dem neuen Dänenkönig Sven Haraldsson, der
sich Gabelbart nannte, zu Ohren kam, dass sein Vater in der
Jomsburg starb, richtete er in Roskilde das Erbmahl für den
toten Harald aus und lud auch Jarl Palnatoki dazu ein. Doch
ein Berater des Königs, der dem Jomsburgjarl feindlich
gesinnt war, reichte einen Pfeil in die Runde mit der Frage,

ob einer der Anwesenden diesen als sein Eigen erkenne. Da erhob sich Jarl Palnatoki und sagte, dass er derjenige war, der den Pfeil auf König Harald abschoss. König Sven war darauf hin auf das Äußerste erbost, sodass Jarl Palnatoki und sein Gefolge alle Mühe hatten, Roskilde unversehrt zu verlassen und zur Jomsburg zu segeln.

Eine Strafaktion gegen die Jomswikinger wagte Sven aber nicht. Doch durch die Tat seines einstigen Ziehvaters Palnatoki war dem König gewahr geworden, dass seine Befehlsgewalt über die Krieger aus dem Gau Jom begrenzt war. Sie gehörten nicht zum Heer des Dänenkönigs!

Sie waren und blieben freie Krieger, die nach eigenem Gutdünken handelten.

Es gab für Sven Gabelbart in diesen Tagen neben den Jomswikingern noch ein weit größeres Problem. Denn nach dem Tode König Haralds drohten die steuerpflichtigen norwegischen Gaue, deren Könige und Jarle Vasallen der Dänen waren, sich zu erheben und die für Sven so wichtige Zahlung der jährlichen Abgaben zu verweigern. Allen voran war es Jarl Hakon Sigurdsson, der Jarl von Lade, an der Mündung des Flusses Nid im großen Trondheimfjord, der es wagte, sich zu erheben. Hakon hatte sich, obwohl er ein Vasall König Harald Blauzahns gewesen war, zum Herrscher über das Tröndelag ausgerufen, einem Gau im Nordwesten Norwegens. Nun aber, da Harald Gormsson nicht mehr unter den Lebenden weilte, sah er seine Zeit gekommen, sich der dänischen Unterdrücker zu entledigen. Im Herbst verwies er die Steuereintreiber des Sven Gabelbart, die in den Norden kamen, um die Königsabgaben nach Dänemark zu holen, einfach seines Landes und ließ verkünden, dass er nun der alleinige Herrscher über ganz Westnorwegen sei, und er keineswegs daran dachte, weiterhin an die Dänen zu zahlen. Darüber war König Sven so erzürnt, dass er nur noch einen Gedanken hegte, nämlich den abtrünnigen norwegischen Jarl wieder unter seine Herrschaft zu zwingen.

Jedoch zeigte sich das Heer des Dänenkönigs im Frühjahr 987 n. Chr. immer noch in einem schlechten Zustand. Der Bürgerkrieg gegen seinen Vater Harald hatte viele Opfer in den Reihen seiner Gefolgschaft gekostet und den Kriegern des toten Herrschers, die nun Sven den Gefolgschaftseid geleistet hatten, traute der König nicht über den Weg.

So schickte er im Frühjahr einen Boten zur Jomsburg, der Jarl Palnatoki von Fünen dazu bringen sollte, die Wikinger aus dem Oderhaff unter den Befehl des Sven Gabelbart zu stellen und mit diesem nach Norwegen zu segeln, um den abtrünnigen Jarl Hakon von Lade zu bestrafen. Doch der Jomsburgjarl kannte den Ruf, der den Trøndner vorauseilte, nur zu gut aus eigener Erfahrung. Schon oft hatten sich Jomswikinger auf ihren Raubfahrten im Trondheimfjord blutige Köpfe geholt. Diese Tröndner waren Gegner, die es ernst zu nehmen galt. Oft widerspenstig gegen ihren Herrscher, doch treu und fest in ihrem Eid. Mutig und ohne Gnade gegenüber ihren Feinden und immer bereit, einen Kampf auszufechten. Da fragte der Palnatoki den Mann, was denn für die Jomswikinger bei dieser Angelegenheit herausspringen würde. Doch der Bote des Sven Gabelbart war kein geschickter Redner und sprach, dass dies eine Kriegsfahrt sei und nicht dem persönlichen Gewinn diene. Es gäbe nicht viel an Reichtum zu holen, außer Ruhm und Ansehen. Und natürlich der Ehre, dem König der Dänen dienen zu dürfen!

Da lachte der Jarl lauthals auf und verkündete, dass er diesem König dereinst, wenn er ungehorsam war, den Arsch verhauen habe, und dieser ohne ihn kein König wäre. Darauf schlugen einige seiner Hauptmänner vor, den Boten des Gabelbart in der Oder zu ersäufen. So hätte man doch wenigstens noch seinen Spaß mit dem Kerl. Doch Jarl

Palnatoki ließ den Boten unbehelligt ziehen, und König Sven von Dänemark war über das Ergebnis der Verhandlungen keineswegs erfreut. Er wusste nur zu gut, wollte er das Tröndelag erobern, brauchte er die Hilfe der Wikinger aus dem Oderhaff. Also machte er sich selbst auf den Weg nach Pommern. Mit einer Flotte von fünfzehn Langschiffen segelte er über die Ostsee, und als er die Jomsburg erreichte, hatte ein voraus gesandter Bote die Ankunft des Königs bereits gemeldet. Doch erst nachdem Jarl Palnatoki dem König der Dänen Gastrecht auf der Burg und freien Abzug gewährt hatte, zogen die Schiffe des Herrschers in den Hafen der Jomsburg ein. König Sven wurde von dem Oberbefehlshaber der Oderwikinger und seinen führenden Jarlen mit allen ihm zustehenden Ehren empfangen. Und König Sven dankte dem Jomsburgjarl dafür.

Noch am selben Tag fanden die ersten Verhandlungen statt, die aber ohne Ergebnisse abgebrochen wurden. Da trat Sven Gabelbart an seinen einstigen Ziehvater Palnatoki heran und schlug diesem vor, ein großes Fest zu feiern. Dies würde die steife Stimmung sicherlich auflockern und so würden sich die Parteien schneller einig werden. Dem Vorschlag stimmten die führenden Jarle zu, und Palnatoki ordnete an, in der Jomsburg und in der Stadt Jumne möge ein großes Fest zu Ehren des neuen Königs gefeiert werden. Nur einer der Schiffsführer, ein Jarl Namens Sigwaldi von Seeland, warnte den Palnatoki vor seinem Pflegesohn, denn niemand wusste, ob er ihm den Pfeilschuss vergeben hatte. Als es Abend wurde, saßen die führenden Jarle der Jomswikinger mit dem König an einer Tafel und ließen es sich gut ergehen. Fleisch und Brot wurden aufgetischt, und Met und Bier flossen in Strömen. Einigen Männern, vor allem dem jungen Vagn, der gerade einmal zwanzig Sommer und Winter zählte und dem man nachsagte, dass er schon mit zwölf Jahren ein eigenes Schiff geführt haben sollte, war der Met schnell in den Kopf gestiegen. So wurde mit der Zeit die Stimmung immer ausgelassener und die Männer immer besoffener. Und nun zeigte sich, dass der König der Dänen bei weitem nicht so betrunken war, wie er den Jarlen vorgaukelte. Er hielt den Jomswikingern vor, dass sie Harald Blauzahn getötet hätten, und er erinnerte den Palnatoki daran, dass er und viele seiner Männer Dänen seien und ihm als König die Gefolgschaft schwören müssten. Doch großzügig, wie er nun mal sei, würde er den Jomswikingern ihren Fehltritt gerne verzeihen, und er wolle den Zwist mit seinem Ziehvater vergessen. Nur müssten sie ihm beweisen, dass er sich auf die Männer aus dem Oderhaff verlassen könne.

Im Bierrausch jubelten die Krieger ihrem neuen König zu und versprachen, gute Untertanen zu sein, denn viele hatten ja noch Gesippen in Dänemark, denen sie natürlich Ärger mit Sven Gabelbart ersparen wollten. Der König tat so, als überlege er angestrengt, wie die Jomswikinger denn wohl am besten ihre Ergebenheit beweisen könnten, und schon bald hatte er eine Lösung parat. Sie sollten den Tröndnerjarl Hakon Sigurdsson aus seiner Herrschaft vertreiben. Ja, dies wäre ein angemessener Beweis, fand Sven. Oder sollte es vielleicht möglich sein, dass die großen Jomswikinger sich fürchteten? Diese Bemerkung löste sofort Empörung aus, und die Männer stimmten dem Vorhaben entrüstet zu. Nun hob auch Sven Gabelbart zufrieden sein Methorn und trank. Er hatte mehr erreicht, als er eigentlich wollte, denn nun würden die Jomswikinger allein gegen das Tröndelag ziehen, ohne seine dänischen Krieger. Und es war gar nicht so schwer gewesen, den alten Jarl Palnatoki zu überlisten.

*

Am nächsten Morgen war der Katzenjammer groß. Den führenden Jarlen um den einstigen Ziehvater des Sven wurde nun schmerzlich bewusst, worauf sie sich im Suff eingelassen hatten. Doch es gab kein Zurück mehr, wollten sie nicht ihr Gesicht verlieren. Sie waren schließlich die Jomswikinger! Gefürchtet im ganzen Norden und auch in den anderen Königreichen. Würde man ihnen nun also Feigheit vorwerfen können, wäre die Jomsburg sicher in Gefahr. So mussten sie also zähneknirschend ihr Versprechen halten, das sie König Sven gegeben hatten, und für diesen das Reich des Hakon Sigurdsson erobern. Der Groll unter den Schiffsführern der Jomswikinger gegen Sven Gabelbart war groß, denn sie erkannten, dass ihre Anführer einer List aufgesessen waren. Doch keiner wagte es, ein Wort darüber zu verlieren.

Einige Tage später verließ der Gabelbart zufrieden die Jomsburg, um nach Roskilde, der Königsstadt der Dänen, zurückzusegeln. Jedoch nicht, ohne den Anführer der Oderwikinger noch einmal an sein gegebenes Wort zu erinnern. Beleidigt und ein wenig erbost verabschiedete der alte Palnatoki seinen Ziehsohn, schwor aber, noch in diesem Sommer sein gegebenes Versprechen einzulösen.

Schon bald darauf begannen in der Jomsburg und im ganzen Gau die Vorbereitungen für den Heereszug nach Norwegen. Ein jeder Schiffsführer hatte dafür Sorge zu tragen, dass seine Schnigge und alle Krieger seiner Mannschaft bereit waren, in den Kampf zu ziehen. Da Jumne aber eine große und viel bereiste Handelsstadt war, kamen natürlich auch Kaufleute aus dem Tröndelag nach Pommern. Und längst machten Gerüchte von einem bevorstehenden Kriegszug der Jomswikinger in den Händlervierteln die Runde. Bald schon wusste ein jeder Bewohner der Stadt und auch jeder Reisende, wohin sich die Kampfeswut der Wikinger wenden würde. Von der List des Sven Gabelbart, dem die Jarle auf den Leim gegangen waren, sprach längst ein jeder hinter vorgehaltener Hand. So kam es, dass die norwegischen Kaufleute die Nachricht von der drohenden Invasion der Jomswikinger in das Tröndelag, an den Hof des Jarl Hakon Sigurdsson trugen.

Dann wurde es Sommer, und die große Kriegsflotte der Wikinger von Jom fuhr die Oder abwärts, hinaus in das große Haff und weiter in die Ostsee. Nur dreißig Schiffsbesatzungen ließ Jarl Palnatoki in der Jomsburg zurück. Sie mussten die Burg verteidigen, falls der König der Polen es wagen sollte, nach der Herrschaft über den Gau Jom zu greifen. Eine Flotte von über hundertzwanzig Schiffen aber begab sich auf den Weg nach Norwegen. Sie durchsegelten den großen Sund an der Küste Dänemarks, bis sie den norwegischen Gau Hardanger erreichten. Die Flotte umsegelte dessen südliche Spitze, an der Handelsstadt Kap Lindesnäs vorbei, und nahm dann Kurs nach Norden. Schon bald darauf erreichten die Schiffe die Mündung des großen Trondheimfjord. Doch als die vielen Kriegsschniggen und Drachenschiffe die Küste von Lade ansteuerten, wurden sie bereits von einem großen Heer des Jarl Hakon empfangen.
Früh hatte die Nachricht den Tröndnerjarl erreicht, dass die Flotte der Angreifer sich auf den Weg gemacht hatte. So blieb ihm genügend Zeit, den Kriegspfeil von einem Hof zum anderen Hof zu schicken, um alle Männer, die in seiner Herrschaft lebten, zu einem Heer zu sammeln. Als die ersten Schiffe der Krieger von der Jomsburg an einem Strand bei der Mündung des Flusses Nid landeten, begann der Krieg der Wikinger!
Kaum hatten die Krieger von der Oder das Land betreten und die Kiele ihrer Schiffe auf den Strand gezogen, da

führte der Jarl von Lade den ersten Angriff. Wild tobte der Kampf, und der Sand des Strandes verfärbte sich schnell vom Blut der gefallenen und verletzten Krieger. Doch mehr und mehr Langschiffe der Jomswikinger erreichten nun die Küste, und Hakon Sigurdsson war gezwungen, sich zurückziehen, wollte er den Krieg nicht schon in den ersten Tagen verlieren.

Jarl Palnatoki ließ ein großes Lager errichten, von dem aus er die Schlachten lenken wollte. Seine Heerführer sammelten ihre Kriegerscharen, die meist aus fünf bis zehn Schiffsbesatzungen bestanden, und zogen in den Kampf, so wie es ihnen der alte Palnatoki befahl. Auf einer großen Wiese trafen die Heere der beiden Brüder Sigwaldi und Thorkel der Hohe als erste auf eine Kriegerschar des Jarls von Lade, und ein heftiger Kampf entbrannte, der zwei volle Tage andauerte. Erst nach einem wilden Gefecht unterlagen die Tröndner und überließen den Feinden das Schlachtfeld. An anderer Stelle jedoch war das Heer des Ladejarls Hakon erfolgreicher. So gelang es den Trøndnern, eine große Abordnung der Jomswikinger zu besiegen und deren Anführer gefangen zu nehmen. Darunter waren auch der junge Vagn von Wiken und Björn der Waliser.

Bald aber verließ den Jarl Hakon das Schlachtenglück, und die Jomswikinger errangen wieder die Oberhand. Kaum noch ein Kampf fand statt, den der Tröndnerjarl für sich entscheiden konnte, und die Gefahr wuchs von Schlacht zu Schlacht, dass er die Herrschaft über das Tröndelag verlieren würde. Nun glaubte er, die Götter hätten sich von ihm abgewandt und ihm sein Heil genommen. Und als die Verzweiflung am größten war, die Krieger drohten von ihrem König abzufallen, da trat ein Gode vor den Herrscher des Tröndelag. Er gab vor, von den Göttinnen Thorgerd und Irpa ein Zeichen erhalten zu haben, indem sie ein Opfer verlangten. Er sprach davon, dass Hakon etwas Großes verlange, nämlich die Herrschaft über das Tröndelag. So müsse er auch etwas ihm Kostbares geben. Dann würde er sicher sein Heil von den Göttern zurückerhalten und die Jomswikinger aus dem Land vertreiben. Lange grübelte der selbsternannte König über die Worte des Goden nach, und eines Abends, er saß in seinem Langhaus inmitten seiner Familie und einiger Vertrauter, da sprang er plötzlich auf. Er griff nach dem Arm seines Sohnes Erling und zog den Knaben, der gerade einmal sieben Sommer zählte, unsanft mit sich aus dem Langhaus in die Dunkelheit. Stumm sahen sich die Anwesenden fragend an, doch keiner sprach ein Wort.

Eine kleine Ewigkeit dauerte es, bis Hakon Sigurdsson in sein großes Langhaus zurückkehrte. Er kam allein, und seine Hände waren blutverschmiert.

*

Bald darauf wendete sich das Blatt, und das Schlachtenglück kehrte zu dem Tröndnerjarl zurück. Einen Sieg nach dem anderen konnten seine Krieger nun gegen die Übermacht der Jomswikinger erringen, und Hakon Sigurdsson war davon überzeugt, durch das Opfer, das er den Göttern gebracht hatte, sein Heil zurück gewonnen zu haben. Nun gelang es der Heeresmacht der Tröndner endlich, die Jomswikinger so zu bedrängen, dass Jarl Palnatoki den Befehl gab, das Lager abzubrechen und in einer kleinen, an den Trondheimfjord grenzenden Bucht Zuflucht zu suchen. Doch sein Vorhaben, das Tröndelag für König Sven zu erobern, wollte der alte Palnatoki nicht aufgeben. Im Hjörungafjord sammelte er erneut seine Wikingerarmee, um gegen Hakon Sigurdsson zu ziehen. Doch dieser kam dem alten Jarl zuvor. Mit einem Heer über Land und einer großen Flotte auf dem Wasser drangen die

Tröndner in die Bucht vor. Ohne zu zögern griffen die Krieger Hakons nun die Eindringlinge des Dänenkönigs an, und es entbrannte eine gnadenlose Schlacht. Jarl Hakon warf nun all seine Krieger gegen den Feind, denn wer konnte schon wissen, wie lange ihm seine Götter gnädig waren. Dem Heer zu Lande gelang es schnell, das Wik der Jomswikinger zu überrennen, denn die Überraschung der Krieger aus dem Oderhaff war groß. So ging der Kampf für sie verloren, und viele mutige Männer fanden einen blutigen Tod. Da mussten die Anführer der Jomswikinger einsehen, dass sie sich an der Widerspenstigkeit der Tröndner die Zähne ausbeißen würden. Die führenden Jarle begannen den alten Palnatoki zu bedrängen, er möge sein Vorhaben endlich aufgeben. Denn würden hier im Norden alle Krieger fallen, wäre die Jomsburg schutzlos ihren Feinden ausgesetzt. Da begaben sich die Wikinger auf ihre Schiffe und segelten in den Fjord hinaus. Dort jedoch wartete bereits die Flotte des Ladejarls, und es kam zu weiteren heftigen Kämpfen.

Jetzt endlich ließ der oberste Anführer der Jomswikinger das Horn zum Rückzug blasen, und die Flotte segelte aus dem Hjörungafjord hinaus in die offene See. Der Versuch, das Tröndelag für König Sven Gabelbart zu erobern, war gescheitert und hatte die Wikinger von der Jomsburg viele Krieger gekostet. Die meisten von Jarl Hakon gefangenen Anführer des Feindes wurden hingerichtet. Doch zeigten die Jomswikinger großen Mut, als das Ende nahte.

Mit Gleichgültigkeit und stoischer Todesverachtung machten sie sich über den Henker lustig. Und ein jeder hatte einen den Feind verhöhnenden Kehrreim auf den Lippen, als das Schwert fiel. Nur dem ergrauten Björn und dem jungen Vagn gelang es, den Henker zu überlisten, indem sich Björn der Waliser gegen ihn warf und Vagn ihm das Schwert entriss. Ein kräftiger Hieb tötete den Mann, und Erik

Hakonsson, der älteste Sohn des Trøndnerjarls, schenkte daraufhin den beiden mutigen Jomswikingern das Leben.

Vier Jahre waren nun vergangen, in denen Sven Gabelbart über Dänemark geherrscht und versucht hatte, die Grenzen seines Reiches zu erweitern. So mussten besonders die angrenzenden Gaue der norwegischen Kleinkönige in Wiken unter der Landgier des Gabelbart leiden, und schon bald waren auch sie zu Vasallen des Dänenkönigs geworden und diesem steuerpflichtig.

Doch im Jahre 990 n. Chr. brach das Unheil über Sven Gabelbart herein. Mit einer großen Kriegsflotte fiel der schwedische König Erik der Siegreiche in Dänemark ein und vertrieb den Sohn Harald Gormssons aus dessen Herrschaft. Mit den ihm gebliebenen Getreuen flüchtete Sven auf die Insel der Angelsachsen, um dort die Grafschaften und Königreiche der Britannier zu verheeren. Im Danelag fand er Unterschlupf und wurde schon bald von den dort lebenden Nordleuten als König anerkannt.

Als Sven Gabelbart im Sommer des Jahres 993 n. Chr. sein Reich zurückerobert hatte, musste er feststellen, dass die Jomswikinger in der Zeit seiner Abwesenheit zu Bundesgenossen des Polenkönigs geworden waren. Der alte Jarl Palnatoki war gestorben, und sein Nachfolger Jarl Sigwaldi von Seeland war einer List aufgesessen, die ihn zum Treueschwur gegenüber dem Polenkönig Miezko zwang. Heimlich aber blieb der Jarl der Wikinger aus dem Pommernland dem Dänenkönig gewogen.

Im darauffolgenden Jahr wagten die Jomswikinger unter Jarl Sigwaldi noch einmal für König Sven einen Überfall auf das Tröndelag, um die erlittene Scharte auszuwetzen. Doch auch diesmal wurden sie blutig zurückgeschlagen.

*

Bisher in der Jarlsblut – Saga erschienen:

Der erste Band
Der zweite Band
Der dritte Band
Der vierte Band
Der fünfte Band
Der sechste Band
Der siebte Band
Der achte Band
Der neunte Band

Weitere historische Bücher:

Die Saga von Sigurd Svensson - Das Schwert des Wikingers
Die Krieger Odins
Die Saga von Erik Sigurdsson - Das Blut der Wikinger
Die Wölfe des Nordens
Der Krieg der Könige

Wikingerwelten (Historische Geschichten) - Band I
Band II
Band III

Der Skalde
Der Skalde II – Odins Wille

Pakt der Barbaren

Die Science Fiction/Fantasy Saga:

Die Lupan Chroniken

„Pakt der Barbaren"

„Quinctilius Vare, legiones redde!", rief Augustus weinend.
„Quinctilius Varus, gib mir meine Legionen wieder!"
Von den vereinten Stämmen der Germanen, unter der Führung
des Fürsten Armin besiegt, lag im Jahre 9 n. Chr. der ganze Stolz
Roms, die drei besten Legionen, geschlagen im Morast der
germanischen Sümpfe und Wälder. Die Angst vor den Barbaren
aus dem Norden wuchs in den Straßen Roms, und der Ruf nach
Rache wurde immer lauter. Doch es sollten einige Jahre vergehen,
bis der römische Adler wieder seine Krallen in das Gebiet
nördlich des Rheins schlagen würde.
Im Jahre 15 n. Chr. kommt Aulus, der Adoptivsohn des Tribuns
Claudius Marcinus, als Decurio der Reiterei mit den Legionen des
Gajus Julius Germanicus in die dichten Urwälder nördlich des
großen Stromes. Als fünfjähriger Knabe von den Römern aus
dem Land der Brukterer verschleppt und in den Lagern der
Legionäre als Bursche des Tribuns aufgewachsen, tritt Aulus mit
dreizehn Jahren selbst in die Legion ein und gelangt so, fünf Jahre
später zu einem kräftigen jungen Mann gereift, zurück in das
Land, das einmal seine Heimat war. Dort erfährt er von seiner
wahren Herkunft und von dem Mann, der seine Eltern tötete.
Er wendet sich von den Römern ab und findet bei dem Stamm
der Brukterer seine Heimat wieder. Aus dem Legionär Aulus
Marcinus wird der Germane Gerowulf. Voller Hass und
Enttäuschung, auf der Suche nach der Wahrheit und um Rache
zu nehmen, schließt er sich den Horden des Cheruskerfürsten
Armin an.

„Pakt der Barbaren"
Broschiert, 368 Seiten, 19,50 €
ISBN-13: 9783837044348

Auch als E-Book erhältlich!

*